네가 많이 그리울 거야

정회인 수필집

네가 많이 그리울 거야

2025 당진 문학인 출판사업

소소한 이야기, 큰 위로

〈네가 많이 그리울 거야〉는 저의 네 번째 수필집입니다. 제 글이 대부분 그렇듯 여기에 담은 이야기들은 씁쓸하고 짭짜름한 추억과 개헤엄 치듯 살아온 인생길 이야기입니다.

제1부는 여행 이야기입니다. 우리 인생은 어쩌면 여행과 같습니다. 그 여행의 동반자는 가족이기도 하고 연인이거나 친구이기도 하며 자기 자신이기도 합니다. 등단 수필인 '왕이 된 남자 낙화암에 오르다'는 위트와 재치가 있고 읽는 재미까지 쏠쏠하다고 합니다. 열 편의 여행 이야기는 편편이 잘 정돈된 한 편의 드라마 같습니다.

제2부는 맛있는 수필입니다. 추억의 아욱국에부터 못난이 송편에 이르기까지 새콤달콤한 맛의 잔치가 펼쳐집니다. 이 글을 읽다 보면 패스트푸드가 넘쳐나는 단맛 공화국에 사는 우리에게 많은 것을 다시 한번 생각하게 해줍니다.

제3부는 인생 에피소드와 먼저 세상을 떠난 친구에 대한 이야기입니다. 결혼식장에서 돈 봉투가 바뀌는 참사가 벌어졌지만 반전이

있었다는 이야기부터 벙커에 빠져 허우적거릴 때 얻은 교훈에 이르기까지 여러 이야기가 담겨 있습니다. 이 세상 살면서 그리운 것은 친구뿐이 아닙니다. 추억도 그립고 사랑도 그립습니다. 그래도 밥 같이 먹을 친구 있음에 그리움도 삼킬 수 있다는 고백입니다.

제4부는 뜨거워서 좋을 것은 사랑밖에 없다는 이야기입니다. '인연 끝자락'이나 '가지 못한 길' 등은 마치 한 편의 단편 영화를 보는 것 같다고 합니다. '나의 죽음 앞에서'는 인생을 마감하면서 생각해 봄 직한 이야기가 잔잔하게 펼쳐있습니다.

제5부는 자식 농사 열 이야기입니다. 자식 이야기에 열 손가락이 모자란다지만 열 개의 짧은 글에 평생의 자식 농사 이야기를 함축해 놓고 있습니다. '아이보다 아내를 사랑하라'는 이야기며 '꽃을 피우는 때는 모두 다르다'는 글은 짧지만 오래도록 기억에 묻어 있기를 소망합니다.

막상 네 번째 수필집을 펴내려니 감사한 분들도 떠오르고 마음 한구석에 걱정도 가득합니다. 다만 변변찮은 글이지만 한 분이라도 이 소소한 이야기가 지친 인생길에 청량한 한 줄기 바람이 되고 그늘이 된다면 감사하겠습니다.

2025년 가을 초록집에서
정회인

차례

책을 열며   004

제1부 왕이 된 남자 낙화암에 오르다

내포 가는 길 밴댕이찌개   013

그해 여름의 보길도   016

통영에 가는 이유   020

왕이 된 남자 낙화암에 오르다   023

육 남매의 첫 여행   027

단양의 여름은 그렇게 지나가고   032

칠 남매의 겨울 바다   036

영랑사 새벽길   040

천진의 밤   044

풍광보다 아름다운 인향   048

제2부 아주까리 내 사랑

추억의 아욱국   054

개쩔지 싫어할지   057

아주까리 내 사랑   060

냉면 절단 사건　　063

니가 홍어 맛을 알아?　　069

펄펄 끓는 시원한 콩나물국밥　　072

구즉 묵마을에서　　075

할아버지 돈족탕　　078

부족해야 맛난 하지감자국　　082

개 혀?　　085

션한 콩국수나 한 그릇 해유　　088

못난이 송편을 빚으며　　091

제3부 네가 많이 그리울 거야

결혼식장 천만 원 소동　　096

고추불급　　101

업둥이가 더 예뻐　　104

선물처럼 불린 이름　　107

빨리빨리와 만만디　　　　　　　111

독자가 터준 작가의 길　　　　　114

네가 많이 그리울 거야　　　　　118

밥 같이 먹을 친구 있음에　　　124

머리 올리는 날　　　　　　　　127

퍼팅 멀리건　　　　　　　　　　130

벙커가 인생의 끝은 아닐 터　　133

제4부 뜨거워서 좋을 것

인연 끝자락　　　　　　　　　　138

돈다발 그 친구　　　　　　　　　144

텃밭 옥수수 잔치　　　　　　　　147

토종 국수호박 이야기　　　　　151

바비큐와 반딧불이　　　　　　　155

뜨거워서 좋을 것　　　　　　　　160

가지 못한 길　　　　　　　　　　163

하나도 빠짐없이 다시 만나자　　166

머위 선물　　169

나의 죽음 앞에서　　172

제5부 자식 농사 열 이야기

하나, 아이의 지능은 누가 물려줄까?　　178

둘, 아이는 스폰지다　　180

셋, 아이에게 줄 가장 좋은 선물은 무엇일까?　　182

넷, 아이보다 아내를 사랑하라　　184

다섯, 아이가 읽는 책을 보면 알 수 있다　　186

여섯, 꽃을 피우는 때는 모두 다르다　　188

일곱, 고집 센 아이를 미워하지 마라　　192

여덟, 칭찬하되 비교하지 마세요　　193

아홉, 나는 어떤 타입의 부모인가?　　195

열, 희망은 미래를 창조하는 씨앗이다.　　197

제1부

왕이 된 남자
낙화암에 오르다

우리 인생은 어쩌면 여행과 같다.
그 여행의 동반자는 가족이기도 하고 친구이기도 하며
자기 자신이기도 하다. 등단 수필인 '왕이 된 남자 낙화암에
오르다'는 위트와 재치가 있고 읽는 재미까지 쏠쏠하다.
열 한편의 여행 이야기는 편편이 잘 정돈된 한 편의 드라마 같다.

　네가 많이 그리울 거야

내포 가는 길 밴댕이찌개

내포 신도시에 갈 일이 생겼다. 동행한 동료에게 용봉산 아래 맛집에 들러 점심부터 먹자고 했다. 근처에 밴댕이찌개를 잘하는 집이 있다고 했더니 어찌 그리 똑같은 생각이냐며 맞장구를 친다.

밴댕이는 서해나 남해의 가까운 바다에서 오뉴월에 나오는 작고 볼품없는 생선이다. 다 커봤자 손바닥보다 작고 유난히 가시가 많다. 어릴 적 기억에 밴댕이는 날로 회를 쳐 먹거나 구워 먹는 게 아니라 젓갈 담는 생선이었다. 가끔 싱싱한 놈을 만나면 찌개로 끓여 먹기도 했는데 기름기가 많고 구수하여 그 맛이 일품이었다. 펄펄 끓던 양푼 냄비 속에서 뽀얀 밴댕이 한 마리를 통째로 건져 밥 위에 놓고 잔가시를 발라 먹던 추억이 떠오른다.

그 시절 김장철이 되면 우리 집 마당에서는 밴댕이 젓갈 냄새가 진동했다. 지금이야 황태를 달인 물에 멸치나 까나리 액젓을 넣고 김장을 담그지만 그때는 값도 싸고 양도 많은 밴댕이 젓갈이 최고였다. 푹신 삭아 흐드러진 묵은 젓갈은 장작불에 달여서 썼다. 그렇게 담은 짠지에서는 비린내와 짠 내가 뒤섞인 밴댕이 냄새가 문득문득 배어 나왔다.

밴댕이 하면 떠오르는 게 또 있다. 오지랖이 넓다고 늘 핀잔받던 어머니가 생전에 아버지 뒤통수에 대고 하던 말이다. 저 밴댕이 소갈딱지 같은 양반을 내가 아니면 누가 데리고 사냐는 것이다. 애먼 밴댕이를 빗대어 싸우시던 두 분 목소리가 아련하게 들리는 듯하다.

오래된 노포를 찾아가는 길은 새로 길이 뚫려 내비게이션을 켜야 했다. 목적지 근처에 다다랐다. 이쯤부터는 내비게이션을 무시하고 내 기억이 반응하는 대로 가도 된다. 하지만 골목 안으로 들어왔는데 아무리 둘러보아도 삼십여 년 넘게 다니던 밴댕이찌개 집이 보이지 않는다. 아예 차에서 내려 둘러보니 골목 안쪽에서 옛 이름 그대로인 간판이 또 오셨냐고 손짓한다.

오랜만에 찾은 식당 풍경은 모두 바뀌었다. 방바닥에서 등을 기대고 있던 자리는 모두 식탁으로 바뀌었고 무한리필도 없어졌다. 여럿이 둘러앉아 찌그러진 양푼을 긁으며 밴댕이 한 마리를 건져 입이 터져라 상추쌈에 싸 먹던 정취는 온데 간데없다. 깔끔한 반찬이 들러리 선 밴댕이찌개는 한 그릇씩 펄펄 끓는 뚝배기에 담겨 나왔다. 반찬은 거들떠볼 새 없이 숟가락부터 담가본다. 간도 딱 맞고 비릿하면서도 고소한 특유의 풍미가 옛 맛 그대로다. 뚝배기 한 그릇을 닥닥 긁어먹은 동료 직원도 이마의 땀을 닦으며 한마디 거든다. 옛 정취는 사라졌지만 찌개 맛은 자신의 기억을 배반하지 않았단다.

세월이 흘러도 기억에 남는 추억의 맛은 더 진해지는가 보다.

다음에 기회가 되면 그 시절 밴댕이찌개 맛을 기억하는 지인을
불러 옛정을 나누어보면 어떨지 싶다.

그해 여름의 보길도

그해 여름은 유난히 더웠다. 친구네와 함께 하루 종일 걸려 해남 땅끝 마을에 도착한 후 다시 배를 타고 간 곳이 보길도였다. 처음 가 보는 섬이었지만 무언가 보물이라도 숨겨져 있을 것 같은 기대감으로 가득 설렌다.

여름 방학이었지만 남쪽 바다 끝에 있는 외진 섬에는 사람들이 많지 않았다. 아주 멀리 왔다는 점 빼고는 보길도의 풍경은 그다지 눈에 띄는 것은 없었다. 여느 섬과 다름없이 낮은 집들이 바닷가를 따라 납작 엎드려 있었고 동네 강아지들은 떨어지는 해를 바라보며 한가롭게 졸고 있었다. 그래도 여기가 꿈에 그리던 섬이 아니던가. 아는 분이 소개해 준 민박집에 짐을 풀자마자 아이들은 바닷가 모래사장을 향해 내달린다. 그때가 벌써 삼십 년 전이다.

섬에서의 첫날 저녁을 어떻게 먹었는지는 기억도 나지 않는다. 다만 낯선 반찬이 무지하게 짰고 비릿했던 기억이다. 생선회를 기대했는데 텁텁한 미역국만 나왔다. 민박집 안주인은 한여름 더위에 근처 물고기가 전부 저 멀리 추자도 너머로 피서를 떠난 모양이라며 미안해한다. 저녁 식사 후에 작은 어촌 마을을 한 바퀴 돌고 나니 금방

어두워졌다. 건너 쪽으로 한참 가면 멋진 해변이 있단다.

　예송리에 있는 몽돌해수욕장이다. 저녁 해변에 수없이 깔린 검은 몽돌 사이로 바닷물이 밀려왔다 빠져나가면서 생전 처음 들어 보는 파도 소리가 들려온다. 한여름 밤의 해변은 흑백 영화의 한 장면 같다. 촤르륵 거리는 소리만 들리는 몽돌해변은 온통 검은색인가 싶은데 먹구름 사이로 달빛을 쏟아지면 하얀 포말들이 수없이 나타났다 사라지기를 반복한다. 아무 생각 없이 넋 놓고 바라보니 시간도 멈추어 있는 듯했다. 그 옛날 이곳에 유배 온 윤선도 같은 선비는 여기에 앉아 무슨 생각을 했을까. 분명히 보길도는 낮보다 밤이 더 운치 있다.

　다음 날부터 이틀 내내 짓궂게도 비만 내렸다. 섬에 갇혔으니 특별히 갈 곳도 없다. 그만 쉬고 돌아가자는 친구의 말에 짐을 싸려는 데 민박집 주인아저씨가 찾아왔다. 그 양반은 악수하는 손에 늘 장갑을 끼고 있었는데 뱃일을 하다 손가락 두 개를 잃었단다. 악수 대신 대뜸 던지는 말이 생선 대접을 못해 미안하다며 내일 아침엔 하늘이 갠다니 고기를 건지러 가보자는 것이다. 요 앞바다에 그물을 쳐놓았다는 것이다. 내심 회가 동했다. 그건 나보다 같이 간 친구가 더했다.

아침 일찍 셋이서 민박집 보트에 올랐다. 요란한 엔진 소리를 내며 작은 보트는 마을 어귀를 벗어나 먼바다로 거침없이 질주했다. 한참 가다 보니 소나기가 퍼붓고 거친 파도가 몰려와 배를 집어삼킬 기세다. 이러다 배가 뒤집히는 것 아니냐고 했더니 엔진만 꺼지지 않으면 된단다. 뱃사람 말을 믿어야지 별수 있겠냐며 뱃전을 잔뜩 움켜쥐고 있는데 기어코 일이 벌어지고 말았다. 엔진이 푸드덕거리더니 꺼지고 만 것이다. 파도가 그렇게 무섭고 사나운 줄은 처음 알았다. 파도 밑으로 배가 뚝 떨어지면 양 옆으로 하늘대신 검푸른 물기둥 절벽만 보인다. 우리 셋은 구명조끼도 입지 않은 채다. 뱃주인 얼굴을 쳐다보니 그도 하얗게 질려있다.

그 좌초된 배에서 어떻게 살아왔는지 지금 생각해도 아찔하다. 그 양반은 갑자기 뱃머리에 우뚝 서더니 목이 터져라 고함을 질러대기 시작했다. 한참 후에 그 험한 파도 속에 어디서 나타났는지 고깃배가 달려와 우리 보트를 예인해 주지 않으면 나는 그때 보길도에서 영락없이 물고기 밥이 되었을 것이다. 오후가 되자 배를 고쳤다며 다시 나가 보잔다. 밤새 내린 비에 엔진이 침수되었는데 이젠 괜찮단다. 친구 얼굴을 쳐다보니 아직도 멀미 때문에 어지럽다며 고개를 젓는다. 결국 쥔 양반과 나만 한 배를 탔다.

다행히 바다는 언제 그랬냐는 듯 잔잔하였다. 민박집 주인이 쳐놓은 그물에는 온갖 물고기가 하얗게 매달려 있었다. 물고기를 떼어 배에 담는 줄 알았는데 대부분 그냥 버린다. 생사를 같이 넘나든 나한테 줄 것은 따로 있단다. 복어다. 말 수가 적고 무뚝뚝하던 그 양반은 그제야 처음으로 장갑을 벗은 채 내 손을 꼭 잡으면서 원 없이 실컷 먹어보란다. 내가 살아있는 복어를 바로잡아 그것도 배 위에서 배 터지게 먹어본 적은 그때가 처음이자 마지막이다.

한번 보았어도 평생 기억되는 순간이 있다. 보길도 밤바다에서 보았던 몽돌해변이다. 한번 만났어도 평생 기억되는 사람이 있다. 보길도 민박집 그 아저씨다. 한번 맛보아도 평생 잊지 못할 맛이 있다. 보길도 앞바다에서 죽다 살아나서 먹어본 복어회다

통영에 가는 이유

통영은 갈 때마다 설레는 곳이다. 긴 겨울의 터널을 지나 봄의 문턱에 들어서면 통영으로 떠나지 않고는 견디기 어렵다.

대전에서 통영 간 고속도로가 뚫리고부터 통영은 하루 만에도 넉넉하게 다녀올 만한 곳이 되었다. 그즈음에 주말이면 통영 강구안의 전통시장에는 대전 사람들 천지였다. 고기보다 생선을 좋아하는 나한테도 통영은 맛의 보물창고나 진배없는 곳이었다. 큰아들 결혼식을 앞두고 예비 며느리와 함께 첫 여행을 간 곳도 역시 통영이었다.

'사랑한 것은 사랑을 받느니 보다 행복하나니'라는 유치환과 '내가 그의 이름을 불러주었을 때 그는 내게로 와서 꽃이 되었다'는 김춘수의 시가 있고 전혁림 화가의 코발트빛 바다가 있다. 윤이상의 음악과 소설가 박경리가 있어 통영 가는 길은 늘 설렌다. 특히 그곳은 도다리쑥국이 있어 더욱 그렇다.

도다리는 가자밋과에 속하는 생선으로 한겨울이 지나고 수온이 조금씩 올라가면 산란을 위해 남해부터 서해까지 올라온다. 이런 연유로 남해 통영과 서해 보령의 제철이 살짝 다르다. 바다 밑에서

해초를 먹고사는 도다리는 양식해 보았자 자라는 데 시간이 오래 걸려 경제성이 없단다. 그래 도다리는 잘 났건 못 났건 모두 자연산이다. 이런 도다리는 많이 잡히지 않고 대부분 강도다리나 문치가자미인데 이를 통칭 도다리라고 한다. 도다리는 다른 넙칫과 생선처럼 넓적하고 평평한 데다 몸통 색까지 모랫바닥과 비슷하여 광어와 구분하기 어렵다. 눈이 오른쪽으로 쏠리면 도다리요 왼쪽으로 쏠리면 광어라고 하는 데 강도다리도 광어처럼 왼쪽으로 눈이 쏠려 이렇게 구분하는 것은 부질없어 보인다. 오히려 풀만 먹고 자라는 도다리는 이빨이 없어 이것으로 광어와 구별하는 것이 더 낫단다.

지금은 한겨울에도 수박이 나는 세상이니 굳이 통영이 아니더라도 어디서든지 도다리쑥국을 맛볼 수 있다. 오히려 세련된 도다리쑥국 맛은 서울이나 부산에 있는 근사한 횟집이 더 낫다. 하지만 도다리쑥국의 참맛은 바닷바람을 맞고 자란 쑥이 결정한다. 남해 통영 앞을 지키고 있는 한산도나 욕지도 아니면 더 멀리 매물도에서 나온 봄 쑥이라야만 제대로 된 봄맛을 전한다. 도다리는 대체할 수 있지만 쑥만큼은 대체 불가능한 것이니 도다리쑥국의 진정한 주인공은 도다리가 아니라 쑥이다.

남해에서부터 시작되는 도다리쑥국은 동백꽃이 피고 바다의 꽃이라는 멍게 가 꽃을 피우듯 벌어지면 비로소 개시된다. 금 년에도 운 좋게 통영 서호 시장의 노포에서 첫 개시하는 도다리쑥국을 맛보게 되었다. 무나 대파는 물론 고추도 넣지 않고 끓여 낸 맑은 국물이 역

시 기대 이상으로 시원하다. 검은 껍질 안쪽으로 보이는 하얀 도다리 살도 유난히 찰지다. 역시 기다리던 맛 그대로다. 아직도 난 도다리와 가자미를 제대로 구분할 줄은 모르지만 쑥 향기만큼은 눈을 감고도 알 수 있다. 여기 넣은 쑥은 어디서 온 것이냐고 주인 할머니한테 물으니 저 앞에 섬에서 왔다면서 육지 쑥은 "영~ 파이"라 한다.

통영을 떠나려니 서운하다. 눌러앉아 도다리쑥국 한 그릇을 더 먹어야 하는 데 함께 간 일행이 있으니 그것은 마음뿐이다. 가게를 나오며 예전보다 허리가 더 굽은 주인 할머니한테 건강하게 오래오래 사셔야 한다고 했다. 잘 가라며 굽은 손마디를 흔드는 할머니한테 내년 봄에도 제일 먼저 찾아오겠다고 했다.

통영은 내게 설렘과 놀라움을 동시에 선사하는 곳이다. 이제 기다림까지 추가한다. 해마다 봄이 되면 내 미각을 깨우는 봄맛 도다리쑥국이 있기 때문이다.

왕이 된 남자 낙화암에 오르다

친구들이 우스갯소리로 나를 왕족이라 한다. 백제의 수도 부여에서 태어나 서울에서 직장을 다녔고, 지금 행정수도 세종에서 산다니까 놀리려고 그런다. 그래 오늘은 왕이 되어 부여에 가보자 했다.

가을이 소리 없이 다가오는 평일 오후에 햇살은 아직 반듯하게 쏟아지고 있다. 고향이 대구라는 직장 동료가 동행했는데 부여에는 처음 와 본다고 했다. 은근히 장난기가 발동했다. 읍내 복판에 있는 정림사지와 궁남지로 가던 차를 돌려 백마강 건너 백제문화 단지로 향했다. 넓은 잔디밭 너머로 보이는 근사한 목조건물을 가리키며 여기가 우리 집이라고 했다. 어머니한테 인사부터 드리는 게 좋겠다고 했다.

그게 무슨 소린가 하던 지인은 빈손으로 왔다면서 당황해한다. 나는 어머니가 집에 계실지 아닐지 모르니 너무 걱정하지 말라며 어서 들어가자고 했다. 순진한 지인은 사비성 천정문(天政門)에 들어가면서도 정말로 어머니가 저 안에 계시냐고 한다. 나는 대답 대신 고개를 높이 들어 수평선같이 펼쳐진 기와지붕 위로 우뚝 솟은 목탑을 올려 보았다. 아파트로 치면 10층이 넘는 백제시대 목탑을 못 하나 박지 않고 최초로 재현한 것이라고 설명했다. 그제야 눈치를 챈 동료는 어이없다는 듯 웃으면서 나를 노려본다. 나는 시침을 뚝 떼고 내가 이곳 부여에서 태어나 자랐고 여기가 바로 우리 집이나 다름없으니 어려워 말고 편히 둘러보라고 했다.

유네스코 세계문화유산으로 지정되었지만 부여의 문화유적은 그리 많지도 않고 보여줄 것도 마땅치 않다. 그 내면에 스민 역사와 사연을 모른다면 소박하고 볼품없어 실망할 게 뻔하다. 다행히 부소산성 건너편에 백제시대의 궁궐과 누각은 물론 능사 5층 목탑까지 모두 전통 기법으로 살려 놓았으니 오늘 왕이 된 나의 체면을 살려주고 있다. 이제 껍데기는 보았으니 속을 엿볼 차례다.

낙화암을 찾아 부소산성에 오른다. 나지막한 산비탈에 누워있는 산책로는 인적 없이 고요하고 산새 소리만 간간이 들려온다. 이 땅의 역사며 부여의 정취를 이야기하는 사이 벌써 반월루(半月樓)에 이르렀다. 누각에 오르니 오른쪽으로 멀리 수북정까지 백마강의 은빛 물결이 유유히 흐르고 부여 읍내가 한눈에 들어온다. 소박하면서도 정겨운 풍경이다. 햇살은 얇게 깔린 건물과 아기자기한 가로에 공평하게 쏟아지고 있다. 하고 싶은 말은 넘쳐 나지만 왕은 말을 삼가야 하는 법. 여기가 어릴 적 소풍 올 때마다 매번 보물 찾기하며 놀던 곳이라고 말한 후 눈을 감았다.

부소산성은 그야말로 어머니 치마 속같이 포근한 산(山)이요 성(城)이다.

오른쪽으로 더 오르니 바로 정상이다. 동쪽 공주에서 들어오는 금강 물줄기가 백마강이란 이름으로 시원하게 흐른다. 하얀 치마 한 폭을 펼쳐 놓은 것 같다. 여기가 제일 높은 곳이요 내가 놀던 사비루다. 여기가 어릴 적부터 자주 찾아온 사비루라 했더니 동행한 이는 두 번은 속지 않겠다며 사자루라고 적힌 표지판을 가리킨다. 그래 나한테는 사비루(泗沘樓)요 너한테는 사자루(泗泚樓)다. 그래도 여기는 여전히 백제의 수도 사비성임에 틀림없다.

오늘의 목적지는 낙화암이다. 산책길을 둘러싼 어릴 적 키 작은 소나무는 이미 다 커서 어른이 되었다. 그 청량한 그늘을 따라 우선 낙화암 절벽에 의지해 있는 작은 절부터 찾아갔다. 고란사다. 절 뒤편 바위틈에 일 년에 마침표 같은 표시가 하나씩 생긴다는 고란초가 궁금했다. 잔뜩 기대하고 앞서가 보았지만 소복하게 숨어있던 고란초는 오랜 세월에 이미 사라지고 없다. 빛바랜 안내판을 읽으며 아쉬움을 달래야 했다. 그래도 내가 마시는 바위틈 약수에는 청초한 고란초 한 잎이 떠 있는 듯하다.

황포 돛단배를 타고 백마강을 유람하는 일은 다음으로 미루고 다시 가파른 돌계단을 올라갔다. 숨이 가쁘고 등줄기에 땀이 배어 나오는가 싶더니 바로 낙화암 정상이다. 어머니 손등처럼 갈라진 바위 위에서 어릴 적 찍은 흑백 사진에 나오는 정자가 옛 모습 그대로 나를 반긴다. 백화정(百花亭)이다. 단아한 육각형 정자에 올라 난간에 앉아보았다. 사방으로 보이는 풍경은 예전과 같이 그대로인데 백화

정의 규모는 생각보다 조그맣다. 늙으신 어머니처럼 작고 손때 묻은 모습이 참 정겹고 편안하다.

백화정에는 현판이 둘이다. 부소산을 바라보는 현판 글씨는 정겨운 꽃처럼 수려하고 단아하다. 반대로 백마강을 바라보는 현판 글씨는 낙화암의 오랜 역사와 삼천 궁녀의 충절을 기리듯 정중하다. 바위틈에 자란 수풀이 우거져 어릴 적 보던 낙화암의 천 길 낭떠러지는 보이지 않는다. 그래도 왕이 된 남자의 가슴은 여전히 비장하고 아찔하다. 낙화암 아래 백마강에 반사된 석양이 물결에 흔들이며 흘러간 역사의 아픔을 말해주듯 비수처럼 가슴에 파고들어 에인다.

저녁노을에 물든 낙화암 위로 봉황 빛 구름이 장쾌하게 빛난다. 오늘도 낙화암을 감싸 흐르는 백마강은 천 년 넘게 이어져 온 이야기를 말없이 풀어낸다. 이 강물이 흘러 서해로 가리라. 바다를 넘어 끝도 없이 이어지리라.

〈에세이포레 통권 제108호, 등단 수필〉

육 남매의 첫 여행

우리 집 텃밭에 덩굴장미는 물론 백장미까지 흐드러지게 피었다. 장미꽃이 절정인 유월의 첫 주에 어머니 추도식이 있다. 텃밭에 모인 형제자매들은 활짝 핀 장미꽃을 보며 탄성을 지르기도 하지만 장미 꽃향기 속에서 묻어나는 어머니 생각에 눈물을 적시기도 한다.

추도식을 마치고 정담을 나누는 데 막냇동생이 어머니 생각에 가슴이 먹먹하다며 눈시울을 붉힌다. 그 당시 사는 게 힘들어 어머니와의 마지막 여행에 동참하지 못하여 지금까지도 후회스럽단다. 일본 오키나와로 가족여행을 다녀왔던 이야기를 하는 모양이다. 누가 먼저랄 것도 없이 이번에는 하나도 빠짐없이 여행을 가보자 한다. 그래야 돌아가신 어머니도 기뻐하실 것이라며 모두 고개를 끄덕인다.

장미꽃향기에 여행 이야기까지 나오자 모두 마음이 말랑말랑해졌다. 그런데 막상 계획을 세우려니 각자 가고 싶은 곳도 많고 일정도 중구난방이다. 육 남매 의견이 이리도 제각각일 줄은 나도 몰랐다. 사실 그간에도 여행 제안이 없었던 것은 아니다. 하지만 한 번도 실천하지 못한 숙제다. 결국 말이 없는 형을 대신해 둘째인 내가 교통정리를 했다.

　원칙은 간단하다. 해외여행은 다음으로 미루고 국내로 가되 주중에 우선 하룻밤만 자고 오자고 했다. 우리 육 남매가 살아온 세월을 다 합치면 삼백 년도 넘는데 누구 눈치를 볼 것 있을까. 남편이나 아내는 물론 아이들까지 모두 떼어놓고 정 씨 육 남매만 가자고 했다. 각자 딸린 식구가 없으니 목적지와 날짜를 정하는 것은 순식간에 이루어졌다.

　총무를 맡은 넷째는 한술 더 떠서 아예 단체로 티셔츠를 맞춰 입고 가자고 한다. 색깔은 어머니가 좋아하셨던 빨간색이다. 앞에는 큼직하게 태어난 순서대로 번호를 매기고 등짝에는 '착하게 살자'라고 인쇄해서 입고 다니면 어떻겠냐고 한다. 말할 것도 없이 박장대소다. 마음은 벌써 여행을 떠나고 있다.

　드디어 여행을 떠나는 날 아침이다. 대전 월드컵 경기장 주차장에 모인 육 남매는 초등학생처럼 들떠 있다. 차에 오르자마자 각자 먹을거리를 꺼내는 데 쑥 인절미에 자두, 귤, 복숭아는 물론 커피와 찰보리빵까지 완전 먹자판이다. 여동생들은 결혼하고 나서 남편과 아이들을 떼어놓고 여행에 나선 것은 이번이 처음이라며 환호성을 지른다. 수줍음 타던 소녀들은 어느새 K-아줌마가 되었다. 이렇게 말도 많고 드센 줄은 처음 알았다. 온갖 새소리를 다 하다 당뇨와 고지혈증 얘기가 나오고 형제자매들 입에 비타민까지 넣어준다. 막내 남동생, 정기사가 차 안에 틀어놓은 씨씨 캐츠의 흥겨운 디스코 음악도 가시나들 입담에 주눅 들었다.

첫 번째 목적지인 선유도다. 태어난 순서대로 일 번부터 육 번까지 줄을 맞춰 단체사진을 찍었다. 육 남매가 한꺼번에 나오는 첫 사진이다. 일 번은 부모님 생전에 이곳 몽돌해수욕장에 같이 와본 적이 있다며 거길 가보자고 한다. 한여름이라 사람들이 많을 줄 알았는데 장마철이라 그런지 몽돌해수욕장 가는 길이 한산하다. 더구나 해변으로 가는 길은 공사 중이라 진입이 불가능하다. 할 수 없이 신선이 놀고 갔다는 선유봉 앞에서 사진만 찍고 발길을 돌려야 했다. 다음에 다시 와야겠다.

다음 목적지는 목포다. 바다가 훤히 보이는 언덕 위 호텔에 짐을 풀고 해상 케이블카로 향했다. 고하도를 출발한 케이블카가 유달산을 한 바퀴 돌고 내려오는 데 구름 사이로 뜬 무지개가 육 남매의 첫 여행을 반긴다. 하늘에 매달린 채 바라보니 목포는 역시 항구가 맞다. 이 지역 여름 별미는 누가 뭐라고 해도 역시 민어다. 지인이 예약해 준 선어 집에서 나이 든 주인 부부가 민어회와 덕자 찌개를 한 상 가득 차려놓고 우리 일행을 기다리고 있다. 덕자는 병어 큰 놈을 말한다. 점심에 군산 맛집에서 꽃게장에 우럭 찜과 박대 구이를 하도 맛있게 먹어 저녁을 못 먹을 줄 알았다. 웬걸 다들 갈수록 맛있는 음식이 나온다며 밥을 두 공기씩이나 해치운다. 가게 안주인은 우리 육 남매가 겁나 부럽다며 자청해서 단체 사진까지 찍어준다.

육 남매의 첫 여행에 잠만 자기는 아깝다. 내가 준비해 온 파자마로 갈아입고 한 방에 모두 모이자고 했다. 어린 시절 시골집에서 놀던 이야기며 돌아가신 아버지와 어머니에 대한 추억을 이야기하는 사이 목포의 밤은 깊어만 갔다. 먼저 세상을 떠난 두 동생에 관한 기억은 각자 달랐다. 나만 알고 있던 이야기도 있고 내가 알지 못하던 에피소드도 있다. 흘러간 추억은 쓰던 달던 모두 아름답고 소중하다. 창밖에는 휘영청 밝은 보름달이 우리 육 남매의 이야기를 엿들으며 우윳빛 구름을 타고 흘러가고 있다.

여행을 마치는 날이다. 누구도 서두를 것 없이 느긋하다. 아예 하룻밤을 더 자고 가자는 얘기까지 나온다. 음식도 맛있고 어린 시절 이야기까지 모두가 달달하고 재미있어 죽겠단다. 다음에 또다시 이렇게 여행을 오자며 점심시간이 다 되어서야 숙소에서 나와 노적봉으로 향했다.

유달산에 오르니 목포 시가지가 한눈에 들어온다. 대학루(待鶴樓)라고 해서 무슨 대학인가 했더니 학을 기다리는 누각이란다. 대학에서 근무하는 내 직업은 못 속이나 보다. 사방팔방으로 뚫린 대학루의 시원한 바람이 흐르는 땀을 씻어준다. 내 역할은 맛집을 안내하는 일이다. 하당 평화광장 맛집에서 보리굴비와 홍어회로 점심을 먹은 뒤 아예 청호 시장에 들러 홍어까지 샀다. 우리 육 남매가 모두 홍어까지 좋아하는 것을 보니 역시 한 어머니 아들, 딸이 분명하다.

여행의 마지막 일정은 요트를 타는 일이다. 유달산 아래 마리나에서 목포대교를 거쳐 고하도 용머리를 둘러보는 코스다. 요트는 구경만 했지 타보는 것은 처음이라며 신기해한다. 이 층짜리 멋진 요트에 승선하니 간간이 내리던 장맛비도 그치고 시원한 바람이 불어온다. 육 남매가 요트 선상에 나란히 앉아 두 다리를 쭉 뻗고 거침없이 항해하니 이미 세상을 다 가진 듯하다.

육 남매의 첫 여행은 짧았으나 그 여운은 아직도 남아있다. 남도의 음식도 좋았지만 더 좋았던 것은 밤늦도록 한 방에 모여 어린 시절의 추억을 나누던 시간이다. 유달산 대학루 아래 미술 전시장에서 본 질그릇 항아리 그림이 떠오른다. 항아리를 그린 작가는 우리 남매를 보더니 정겨운 모습이 자신이 그려온 항아리 같단다. 맞는 말이다. 우리 육 남매는 잘난 것 없이 그저 제자리를 지켜온 투박하고 오래된 항아리다. 김칫독이나 고구마 항아리 같은 형제도 있고 메주항아리나 고추장 단지 같은 자매도 있다.

우리 육 남매를 모아 놓으면 아마 그럴듯한 장독대가 될 듯싶다. 오늘은 그 장독대에서 항아리를 닦으며 웃고 계실 어머니가 유난히 그리운 날이다. 육 남매의 다음 여행이 벌써부터 기대된다.

단양의 여름은 그렇게 지나가고

여름방학이다. 초등학생인 손녀가 여행을 가자고 조른다. 누구랑 가고 싶냐 했더니 지난 겨울 경주 여행을 함께 간 멤버란다. 할아버지 할머니와 올해 초등학교에 입학한 자신의 사촌 여동생까지다.

다섯 손자 손녀 중에서 그 둘이 아주 단짝이다. 우리 집 근처에 사는 큰 손녀는 서울에서 사촌이 왔다는 소식만 들으면 아예 짐을 싸 들고 우리 집으로 온다. 밤늦도록 그 둘이 무슨 이야기를 그리하는지 알다가도 모를 일이다. 이번에도 그 둘이 속닥거리더니 여행을 떠나자는 것이다. 지난번 여행이 너무 신났다고 한다. 기차여행이 좋은 건지, 경주 여행이 좋은 건지 분명히 하랬더니 기차만 타고 간다면 어디든 좋단다. 그 녀석들한테 기차여행은 내 추억 속의 만화영화 '은하철도 999'라도 되는 모양이다.

그래, 기차여행이라면 어디라도 좋으리라. 세종시 우리 집에서 조치원역까지 시내버스를 타고 이동하여 기차를 타고 단양에 다녀오자고 했다. 아내도 일전에 다녀온 단양이 가 볼만하다고 맞장구를 친다. 나 역시 오랜만에 가게 될 추억의 단양이 그립다.

아이들한테도 여행의 설렘은 짐을 꾸리면서부터 시작된다. 겨우 하룻밤을 자고 오는 데 갖가지 옷이며 책과 인형까지 거의 이삿짐 수준이다. 날도 덥고 많이 걸어야 하니 배낭에 꼭 필요한 것만 담으라고 했더니 둘 다 울상이다. 준비한 짐을 반이나 덜었는데도 아이들 배낭은 여전히 배불뚝이다. 인형, 미미와 초롱이까지 들어 있는 모양이다. 그래도 새벽부터 무거운 배불뚝이 배낭을 메고 버스 정류장을 향해 내달리는 손녀들 모습은 아주 신바람이 났다.

조치원역에 도착했다. 이층 대합실에는 머리가 하얀 할머니 수녀님이 또래들과 정담을 나누고 있다. 나이 드신 분들 천지다. 앞이 보이지 않는 할아버지 한 분이 역무원의 팔을 잡고 슬로우비디오처럼 걸어온다. 세종시가 전국에서 가장 젊은 도시라는 데 조치원역 대합실 풍경은 마치 흑백사진 속 같다. 그래도 느리고 오래된 사람들 모습이 편안하고 정겹기만 하다.

단양 가는 기차는 하루에 딱 두 번 운행한다. 참으로 오랜만에 타는 무궁화호 열차는 생각보다 좌석이 꽤 넓다. 이른 아침이라 승객도 많지 않아 두 손녀가 마음껏 재잘거리는 데 승무원이 오더니 우리 좌석을 돌려서 아예 마주 보게 만들어준다. 기차에서는 오래된 책 냄새 같은 늙은 냄새가 난다. 가끔 손녀들이 나한테 할아버지 냄새가 난다고 놀리는 데 아마 이 기차도 나 같은 처지일 것이다. 하지만 몸은 늙었어도 눈에 담는 풍경은 청춘이다. 넓은 차창 밖으로 펼쳐진 여름 아침의 전원풍경은 싱그러운 초록이요 하늘에 떠 있는 구름은 새하얀 뭉게구름이다.

단양역에 내리니 생뚱맞다. 햇빛은 찬란한데 역 주변에 아무것도 없다. 뜨거운 한여름의 햇살만 사정없이 쏟아지고 있다. 택시를 타고 숙소에 도착하여 짐을 맡긴 뒤 단양강 잔도를 걸어 보았다. 남한강 암벽을 따라 펼쳐진 시원한 풍광이 한눈에 들어온다. 큰 손녀는 빨리 사진을 찍으란다. 포즈를 취해보라니 사람 말고 풍경을 가리킨다. 이 멋진 풍경을 엄마 아빠한테 보내주고 싶다면서 아예 본인의 스마트워치 배경 사진으로 쓰겠다고 한다. 땀 범벅이 되었지만 이곳이 아주 마음에 쏙 드는 눈치다.

유난히 더운 여름 한복판이라 오만 데를 다 가볼 수는 없다. 그래도 단양하면 도담삼봉이 아니던가. 하지만 아이들은 그런 데는 아예 관심이 없다. 시원한 고수동굴이나 온달동굴을 가보자고 떠보아도 고개를 가로젓는다. 컴컴한 동굴은 지난번에 갔었는데 물기가 너무 많고 어두워서 싫단다. 그럼 산꼭대기에 전망 좋은 카페도 있고 패러그라이딩도 탈 수 있다고 하니 그런 것은 할아버지나 하라며 또 쨰려본다. 아이들 생각은 내가 상상한 단양 여행과는 거리가 멀어도 한참 멀다. 그래 이번 여행에 나는 두 아이의 배낭을 들어주는 짐꾼이다. 두 녀석이 여행 지도를 펼쳐놓고 한참을 속닥거리더니 두 군데를 딱 찍어준다. 아쿠아리움과 팝스월드다.

민물고기 아쿠아리움을 보고 나온 두 손녀는 아주 만족한 표정

이 역력하다. 둘이 똑같이 수달이 들어 있는 워터볼까지 샀다. 손에 꼭 쥐고 있던 인형, 미미와 초롱이는 이제 찬밥 신세다. 다음 행선지는 가상과 현실이 만나는 미디어아트 세상인 팝스월드다. 초딩 손녀들이 노는데 할배가 끼면 흥이 깨진다. 아내와 아이들만 들여보내고 혼자 아름드리 플라타너스 그늘 아래 배낭을 베고 누웠다. 이곳이 예전에는 초등학교였단다. 나뭇잎 사이로 뭉게구름이 흘러가고 매미 소리가 들려온다. 모처럼 나만의 시간이다. 눈을 감으니 쓰름쓰름 우는 매미 소리에서 나의 유년 시절이 아련히 떠오른다. 한 시간도 넘게 단잠을 잘 잤다. 침까지 흘린 것을 보니 꿀잠이다.

저만치 두 아이가 두 팔을 벌리고 뛰어온다. 동심으로 돌아간 내 마음도 두 팔을 벌린다. 다음 여름방학 때는 손자 손녀를 모두 데리고 와봐야겠다. 단양의 여름은 그렇게 지나가고 있다.

칠 남매의 겨울 바다

정월 대보름 후에는 장인어른 추도식이다. 자식들이 차례로 행사를 주선했는데 이번에는 내 차례다. 아내가 태어난 서천 근처 바닷가에서 모이기로 했다.

아침 일찍부터 짐을 챙기는 아내가 몹시 분주하다. 칠 남매가 모이니 밥솥에 찜통이며 조리 기구도 챙기고 삼시 세끼 먹을 것은 물론 과일까지 바리바리 싸가야 한단다. 취사를 할 수 있는 리조텔이니 주방용품도 다 있을 테고 그곳에 24시간 문을 여는 편의점까지 있다고 말려봤지만 그건 남자들 생각이란다. 처가 행사에 밤 놔라배 놔라 하는 것은 예의가 아닐 터. 오늘만큼은 꿀 먹은 벙어리가 되어야 한다. 장을 보는 사이에 아내의 핸드폰이 연신 울려댄다. 형제자매들의 전화 통화가 분주한 사이 단골로 다니는 떡집에서도 연락이 온다. 우리 텃밭에서 딴 호박으로 만든 찹쌀떡도 다 만들어 놓았단다.

바다가 훤히 보이는 객실은 다소 낡았어도 창밖으로 펼쳐진 겨울 바다의 풍경이 모든 허물을 덮고도 남는다. 서울에서 내려오는 팀은 아직 도착하려면 멀었단다. 짐을 풀자마자 바닷가부터 가보기로 했다. 리조트 코앞에 있는 조그만 바위섬까지는 근사한 다리까지 놓여 있다. 아내와 함께 다리를 건너 한 바퀴 둘러본 다음 텅 빈 겨울 백사장을 걸었다. 아내는 조그만 조약돌을 하나 주워 들고 보석 같다며 동심으로 돌아간 표정이다. 인적이 끊긴 겨울 바닷가 백사장을 한없이 걷다 보면 누구든지 어린아이로 돌아가기 마련이다. 겨울바람이 차가워도 가슴이 탁 트이는 게 여기서 모이기로 한 것을 참 잘했다는 생각이 저절로 든다.

시골에 있던 처가는 어른들이 돌아가시고 나서 오래전에 없어졌다. 이후로 칠 남매가 순번을 정해 매번 집으로 초대하여 추도식을 해왔다. 작년 모임에서 아버님 어머님께도 바람을 쐬 드려야 한다는 데 의견의 일치를 보았다. 옛날 전통으로 따지면 멀쩡한 집을 놔두고 객지에서 기일을 챙긴다는 것은 말이 안 된다. 하지만 비행기를 타고 외국에 가서도 제사를 지내는 세상이니 격식을 따질 것은 없다. 더구나 처가 식구들이 다들 교회를 다니고 막내아들은 명망 있는 목사님이니 추도식은 어디서든지 찬양과 예배로 드리면 된다.

칠 남매가 다 모이는 사이 어느새 석양이 물든다. 수평선으로 지는 해가 붉다 못해 마치 타오르는 듯하다. 생전에 자식들을 향한 아버님 마음도 저랬으리라. 손재주 좋고 말씀도 많으셨던 아버님은 성격도 급한 것이 마치 타오르는 태양 같은 분이셨다. 항상 조용히 웃기만 하시던 어머님은 속 깊은 바다 같은 분이셨다. 두 분이 오늘 같은 날 이 자리에 함께 계셨다면 얼마나 좋아하셨을까 생각하니 가슴이 먹먹해진다.

큰형님이 도착하자마자 목에 두른 목도리 자랑에 침이 마를 줄 모른다. 결혼식 날을 잡은 막내딸이 손뜨개로 짜준 것이란다. 어쩌면 이리도 솜씨가 좋으냐고 물었더니 큰고모처럼 뜨개질을 해보고 싶어 짜보았단다. 사실 큰고모인 아내의 뜨개질 솜씨는 장인한테서 전수한 것이다. 나이 들어 자식 자랑하려면 벌금을 내야 한다며 모두 박장대소다. 큰형님은 목도리를 흔들며 솜씨를 물려준 하늘에 계신 아버님께 청구하라고 한다. 멋진 남색 목도리를 보고 있자니 돌아가신 아버님이 오신 것 같기도 하고 바다 같은 어머님이 환하게 웃고 계신 듯하다.

칠 남매가 각자 준비해 온 음식과 떡을 펼쳐 놓으니 밤새도록 먹어도 남을 듯하다. 어시장에 들러 도미와 숭어회까지 떠왔으니 누구 하나 방에 들어갈 생각은 없다. 아들 셋, 사위 넷은 한 고향 선후배요 많은 추억을 함께 나눈 사이다. 앞으로 더 늙기 전에 자주 만나자는데 딴지를 걸 사람은 아무도 없다. 그러고 보니 여섯째 막내딸도 금 년에 벌써 환갑이란다. 도란도란 이야기를 나누는 칠 남매의 인생도 어느새 창밖의 석양처럼 물들어가고 있다.

새벽에 눈을 뜨니 며느리와 딸들은 밤새 이야기 나누느라 한숨도 자지 않은 눈치다. 도미 매운탕과 소고기뭇국이 아주 일품이다. 아들딸 내외가 이렇게 한데 모여 아침을 먹는 것을 아버님도 흐뭇하게

지켜보고 계실 것이다. 아버님과 함께 보낸 칠 남매의 겨울 바다에
는 아침 윤슬이 아스라이 번진다. 날도 추운데 애썼다, 조심히 가라
는 아버님 목소리가 아련히 들려오는 듯하다.

영랑사 새벽길

세 남자가 한여름 야심한 밤에 모였다. 퇴직 후 재취업한 직장에서 같이 지내는 형님 동생 사이다. 요즘 신입 직원들이 1년만 딱 채우고 실업급여를 받는다고 그만두기 일쑤여서 속상하던 참에 맥주나 한 잔 마시자고 모인 것이다.

세대 간 갈등을 안주 삼아 생맥주를 마시다 당진 이야기가 나왔다. 당진에 와보니 바다가 보여 좋았는데 들판도 넓다는 것이다. 산이 없어 서운하다는 말에 영랑사가 있다고 한다. 나도 이름만 들어봤지 아직 가보지 못한 곳이다. 말이 나온 김에 내일 새벽에 함께 가보자고 했다.

영랑사를 찾아가는 새벽길은 한 여름의 물기가 가득 배어있다. 안개와 이슬을 헤치고 한참을 가다 보니 포장도 안 된 마을 길이 나온다. 남의 동네로 잘못 들어왔나 싶어 망설였지만 내비게이션은 그냥 가라고 한다. 드디어 마을 끝에 영랑사를 감싸고 있는 풍경이 눈에 들어온다. 금방 그려 아직 마르지 않은 수채화 같다. 야트막한 산들이 연이어 감싸고 있는 작은 동산이 계란 노른자같이 포근하게 안겨 있다. 잘생긴 소나무들은 푸르고 기운이 넘쳐 보인다. 처음 왔는데도 여러차례 와 본 듯한 정겨운 산 그림이다. 내 고향 능산리의 큰 산소 같다.

오른쪽으로 돌아 영랑사 경내로 들어섰다. 어디서부터가 절간인지 아닌지 구분도 없다. 경계나 울타리도 없이 그저 사방이 툭 터 있다. 차에서 내리자마자 고요한 정적을 깨고 느닷없이 웬 누렁이가 짖어 댄다. 그러거나 말거나 어디에서도 아무 인기척이 없다. 아직 불 켜진 곳이 없는데 대장처럼 서 있는 목조건물 한 채에 불이 환하게 밝다. 틀림없이 대웅전이다. 계단 몇 개를 올라 창문 너머로 엿보니 누군가 혼자 앉아 있다. 모자인지 수건인지를 눌러쓴 채 고개를 앞뒤로 흔들며 앉아있는 사람이 스님인지 객인지 잘 모르겠다.

목탁 소리 대신 산새 소리를 들으면서 마당과 이어진 계단을 따라 뒷산으로 올라갔다. 소나무 숲에서 기분 좋은 흙냄새가 훅하고 올라온다. 부지런한 산새들이 주고받는 청아한 노랫소리에 발걸음이 가벼워지는가 싶더니 갈수록 가파른 나무계단 때문에 힘겹다. 십여 분 남짓 오르는 데 벌써 심장이 벌렁거린다. 한 발자국 옮길 때마다 습기가 땀에 섞여 죽죽 묻어난다. 거미줄까지 겹겹이 길을 막았지만 포기하긴 이르다.

갑자기 아랫배가 요동치는 게 방귀가 나올 것 같다. 어제 먹은 술 안주가 심술을 부리는 모양이다. 형님 동생 사이지만 아직 방귀까지 트고 지내기는 이르다. 맨 앞에서 허덕대다 슬며시 길을 터주었다.

평소 내 방귀 소리는 유난히 크다. 얼마 전 세 살배기 손자와 놀다 내가 아무 생각 없이 방귀 한 방을 날린 모양이다. 자동차 장난감을 쥐고 있던 그 녀석이 눈을 똥그랗게 뜨고 "하부지 그게 모야?"를 외치며 정신없이 달려오던 장면이 떠오른다. 지금 저 아래 영랑사를 향해 방귀를 뀌는 것은 예의가 아니다. 더구나 그렇게 했다가는 놀란 까까머리 동자승이 그게 모야를 외치며 냅다 달려올지도 모를 일이다.

정상이다. 아래쪽으로 잘 다듬어진 진달래밭이 펼쳐있다. 잘 닦여진 임도와 멀리 보이는 야산들은 아직 잠에서 덜 깬 모습이다. 숨을 돌리고 천천히 내려오는 데 길이 평탄하다. 꼭두새벽에 산에 오른 일도 드물지만 이렇게 싱거운 산도 처음이다. 하늘이 조금씩 환해지면서 물기를 가득 머금은 나무들이 잎을 털며 깨어나고 있다. 산길에서 내려와 보니 영랑사 입구 제자리다. 고목이 다 된 느티나무 한 그루가 맞은편에 서있는 건장한 은행나무를 바라보고 있다. 아침부터 영랑사의 오래된 이야기를 전해주고 있는 듯하다.

영랑사를 뒤로하고 제자리로 돌아왔다. 오늘 새벽에 마주친 것이 안개인지 구름인지 잘 모르겠다. 어디까지가 영랑사고 어디까지가 속세인지도 잘 모르겠다. 내가 절에 갔는지 산에 갔는지도 헷갈린다. 내가 산을 오르며 방귀를 뀌었는지 아녔는지도 알 수 없다. 나의 주인은 분명 내 마음이다. 아직 내 마음이 영랑사에 있는데 여기가 제자리인지 그곳이 제자리인지도 잘 모르겠다.

영랑사 새벽길은 경계가 없다. 천계도 없고 속세도 없다. 내 자리
도 없고 네 자리도 없다. 남은 내 인생도 그랬으면 좋겠다.

천진의 밤

중국 천진에서 맞는 첫 새벽이다. 대학 기숙사 창밖으로 한겨울의 차가운 바람 소리가 매섭고 호숫가에 줄지어 서 있는 가로등 불빛마저 싸늘하다. 사방천지가 깜깜한 캠퍼스를 무작정 걸었다. 두꺼운 목도리로 얼굴을 감쌌어도 소용이 없다. 폐부를 뚫고 들어오는 공기는 매케하고 건조하여 마른 기침을 재촉한다. 중국까지 와서 이 차가운 새벽에 혼자 헤매고 있다니 이것은 분명히 미친 짓이다.

중국 대학을 여러 번 방문했지만 내가 직접 강의까지 하게 될 줄은 꿈에도 몰랐다. 더구나 한 학기 치 강의를 주말도 없이 열흘 만에 해야 한단다. 내가 외국 학생을 가르쳐 본 경험도 없고 더구나 중국어도 변변찮은데 처음부터 거절해야 했다. 늘그막 인생길에 누구의 부탁도 거절하지 말자고 다짐했던 것이 화근이다. 명색이 석좌교수라는 이름까지 붙여주고 통역까지 해준다니 못하겠다고 딱 잡아떼지 못한 것이다. 시간은 여지없이 냉정하게 흐른다. 어찌하다 보니 벌써 강의 시간이 코앞이다. 내가 설 곳이 아니라고 아무리 손사래 쳐도 이제 소용없다. 결국 간밤에 잠을 들지 못하고 뒤척거리다 꼴깍 새벽을 맞은 것이다.

첫 시간을 어떻게 보냈는지 지금도 얼떨떨하다. 중국 대학에 학생

이 많다는 것은 익히 알고 있지만 막상 내가 맡은 교실에 백여 명이 빼곡하게 앉아 있는 모습을 보니 놀랍기도 하고 무섭다는 생각까지 들었다. 교실 전면을 꽉 채운 압도적인 크기의 전자칠판 스크린 아래 서 있는 내가 유난히 작다고 느꼈다. 중국 전역에서 온 대학원생들은 대부분 직장인이다. 교실 앞뒤로 수많은 여행 가방이 놓여있고 아직 비행기 꼬리표도 떼지 않은 캐리어까지 눈에 띈다. 마치 중국 단체 관광객이 떼 지어 모여 있는 모습이다. 다만 숨소리 하나 나지 않고 조용하다. 강단에 서 있는 저 낯선 한국 사람 입에서 무슨 얘기가 나올지 숨을 죽이고 노려보고 있다.

중국어 버전으로 준비한 인사말을 밤새 외웠는데 아무래도 자신이 없다. 순간 전자 펜을 들어 강의 제목과 내 소개를 큼직하게 한자로 휘갈겨 썼다. 다행인지 불행인지 내 학창 시절은 국한문 혼용 시대였다. 중국 말은 어리버리해도 한자만큼은 그런대로 쓸 수 있다. 손 글씨를 써본 지 오랜만이지만 내 기억과 손놀림은 아직 녹슬지 않은 모양이다. 갑자기 누구랄 것 없이 모두 핸드폰을 꺼내 사진을 찍어대면서 온통 왁자지껄하다. 통역하는 교수한테 이게 무슨 일이냐 했더니 내 글씨체가 명품이란다. 벌써 위챗(중국판 카카오앱)에 실시간으로 사진을 올리고 난리다. 서예에도 일가견이 있는 통역 교수까지 인정하고 있으니 빈말은 아닌 듯하다. 이럴 줄 알았으면 한시라도 한 수 외워 일필휘지로 본때를 보여줬어야 했는데 아쉽다.

첫 단추를 잘 꿰면 나머지는 물 흐르듯 흘러가기 마련이다. 바짝 긴장하여 입술이 타들어 갈 때, 생각하지도 못한 글씨체가 멋지다고 환호해 준 학생들 덕분에 첫 시간을 무사히 넘겼다. 앞이 캄캄하던 전공 수업도 이제 모두 끝났다. 혀도 꼬이고 목소리도 잘 나오지 않을 정도로 뭔가 열심히 떠들었지만 무슨 말을 했는지 도통 기억도 나지 않는다. 다만 수업을 받으러 온 엄마를 따라온 작은 꼬마가 떠오른다. 대학원 수업에 아이를 데리고 오다니 처음에는 당황스러웠다. 하지만 방학 중에 아이를 혼자 둘 수 없었다는 사정을 듣고 보니 그나마 젖먹이가 아닌 것이 다행이었다. 더구나 그 녀석이 하도 의젓하게 앉아 집중하면서 내 입만 쳐다보는 바람에 나 역시 그 녀석을 보면서 수업에 몰입할 수 있었다. 말은 통하지 않아도 눈빛은 통한 모양이다. 급기야 졸고 있는 엄마를 대신하여 내가 하는 말을 동영상으로 찍기까지 한다. 마지막 시간에 뭐라도 선물을 주려고 했는데 웬일인지 나타나지 않았다.

천진의 마지막 밤이다. 그 많던 학생들이 모두 떠난 캠퍼스에서 곧게 뻗은 가로와 텅 빈 광장을 다시 걸었다. 무대를 떠난 배우처럼 휘적거리며 생각에 잠긴다. 꽃다발을 받지는 못했어도 박수는 받았으니 그만하면 됐지 싶다. 되돌아보니 가르치러 온 내가 오히려 배운 것이 더 많다. 중국 학생들이 대부분 아무 생각도 없고 행동도 게으르고 예의까지 없다는 것은 나만의 편견이었다. 더구나 놀라울 정도로 빠르게 변하고 있는 대학의 모습과 우리와 달리 아직도 넘쳐나는 수많은 학생들을 보니 부럽기조차 하다. 강의를 마치려는데 나를 대하는 게 편해졌는지 실제로 내 나이가 어떻게 되냐고 묻는다. 아마 내 프로필은 벌써 보았을 것이다. 일제히 내 나이가 믿어지지 않는다며 책상까지 두드리며 탄성을 지른다. 젊어 보인다고 칭찬까지 받았으니 생각지 않은 선물을 받은 셈이다.

천진의 겨울밤은 차갑고 건조하다. 무미건조한 정적을 깨고 갑자기 커다란 폭죽 소리가 들려온다. 이런 한밤중에 시끄러운 소리를 왜 내는지 못마땅했는데 오늘 밤에 들리는 폭죽 소리는 왠지 정겹고 오히려 내 가슴을 들뜨게 한다. 아마 수업 시간에 만난 그 꼬마 녀석이 쏘아 올리는 폭죽일지도 모른다.

다음에 다시 만나면 막대 사탕이라도 하나 꼭 선물해야겠다. 천진의 밤은 그렇게 깊어가고 있다.

풍광보다 아름다운 인향

　평생을 중국의 교육기관과 교류해온 분이 있다. 곳곳의 역사와 문화에도 정통하고 만나는 사람도 많으니 안목도 남다르다. 아마 이분만큼 중국을 구석구석 다녀온 사람도 많지 않을 것이다. 문학이나 시를 전공하지도 않았는데도 한시 수십 편까지 줄줄이 외워 꿰고 있으니 찬탄을 금할 수 없다. 이분 이야기를 듣다 보면 전생에 중국에 살았는지 착각할 정도다. 어느 곳이 가장 가볼 만한 곳이냐고 했더니 도시로는 항저우(杭州)요 자연경관으로는 구채구(九寨沟)란다.

　남송의 도읍지였던 항저우는 산이 많고 물이 풍부하여 비옥한 곳이다. '하늘에는 천당이 있고 땅에는 쑤저우와 항저우가 있다(上有天堂, 下有蘇抗)'는 말이 있을 정도로 중국에서도 제일 잘 사는 도시로 손꼽힌다. 항저우는 강남 대운하가 만들어진 이래 수로 교통의 요지였으며 서호(西湖)를 중심으로 한 빼어난 자연경관은 예로부터 시인묵객의 심금을 울려왔다. 우리 대학에 유학했던 교수가 중국에 오거든 꼭 한번 들르라는 곳이다. 박사학위를 받던 해에 우리와 함께 우리나라의 명소를 둘러본 추억이 떠올라 답례를 하고 싶다는 것이다.

　서호라 이름 붙인 호수가 중국 대륙에는 800개가 넘는다고 한다. 그중에서 36개가 유명하고 그 으뜸이 항저우 서호라고 한다. 항저우에서 첫날 저녁식사를 마치자마자 서호에 가보자 했다. 내일 배를 타고 둘러볼 일정이 있지만 가을밤에 보는 서호의 풍광이 궁금하였다. 서호 입구의 가로에는 아름드리 플라타너스가 장관을 이루고 있다. 관광객의 인적이 끊긴 한적한 길을 따라 호숫가로 향했다. 어스름 달빛에 잠겨있는 크고 작은 수목은 한 폭의 수묵화다. 호숫가 불빛 사이로 휘영청 늘어진 버드나무 가지가 요염하게 몸을 흔들고 있다. 서늘한 바람이 가을을 재촉하는가 싶은데 문득 좀 전에 마신 모리화차 향이 나는 듯하다. 이 향기가 무엇이냐고 하니 계수나무 꽃향기란다. 서호의 첫날 나를 반기는 것은 드넓은 호수에 비친 애잔한 달빛이요 계수나무 꽃향기다.

다음 날 아침 일찍 서호를 다시 찾았다. 가을비가 흩뿌리는 호수의 출렁이는 물결 위로 우리가 탄 유람선이 미끄러지듯 나아간다. 배 위에서 보는 서호의 풍광은 과연 운치가 있다. 1위안짜리 중국 지폐에도 나오는 서호 제1의 명소인 삼담인월(三潭印月)을 지나는 데 호수 삼면을 에워싼 야트막한 산과 호수에 비치는 누각이 어우러져 한 폭의 동양화 같다. 이곳이 원래는 바다와 맞닿아 있는 첸탄강(钱塘江) 하구였는데 동한시대부터 방파제를 만들면서 호수가 되었다고 한다.

당나라의 대표적인 시인 백거이(白居易)가 항저우에서 관리로 재직할 때 쌓은 백제(白提)와 항저우 태수였던 북송의 시인 소식(苏轼)이 쌓은 소제(苏堤)가 가장 운치가 있단다. 내가 좋아하는 내 또래의

중국 작가 위화(余華)의 고향이 항저우니 그도 이곳을 여러 번 거닐 었을 게다.

밤에는 항저우 시내 한복판에 있는 오페라하우스에서 카르멘을 보기로 했다. 객석을 가득 채운 무대 위에서 돈 호세와 카르멘이 격 정적인 사랑 이야기가 펼쳐진다. 사랑은 보헤미안, 법도 규칙도 필요 없다는 카르멘이 부르는 '하바네라'가 중독성을 가진 리듬으로 귓전 을 파고든다. 이어서 '투우사의 노래'가 나의 가슴을 뛰게 한다. 항저 우에서 보는 프랑스의 오페라가 나의 짧은 항저우 여행에 긴 감흥으 로 남는다.

첸탄강 야경 속에 지난해 개최된 아시안게임 메인 스타디움이 아 름다운 연꽃으로 활짝 피어난다. 도시의 불빛 사이로 저 너머 아득 한 숲속에 있을 서호가 아련하게 떠오른다. 500년이 넘는 녹나무 아래 작은 복숭아나무가 서 있고 연밥이 익어가는 호숫가에는 버드나무가 한가롭게 흔들린다. 계수나무는 가을밤에 쌀알 같은 꽃송이를 피워 향기를 뿜내는데 나뭇가지 사이를 뛰어다니는 다람쥐 짖는 소리가 들려온다. 그 녀석을 다시 만나면 네가 부른 노래가 '하바네라'인지 '투우사의 노래'인지는 한번 물어보아야겠다.

항저우는 송나라 때부터 술과 차로 명성을 떨쳤다고 하니 풍류와 낭만이 있는 도시임에 틀림이 없다. 나를 초대한 지인은 이별이 아쉽다며 작은 찻잔에 이곳에서 나는 녹차를 연신 따라준다. 나의 찻잔이 작아 차향을 다 채우지 못했건만 매정하게도 헤어질 시간은 야속하게 흘러만 간다. 서호의 풍광이 아름답고 차향이 드높으나 그중에 으뜸은 결국 인향(人香)이다.

제2부

아주까리 내 사랑

맛있는 수필이다.

추억의 아욱국에부터 못난이 송편에 이르기까지

잊고 살아온 맛의 잔치가 펼쳐진다. 이 글을 읽다 보면

패스트 푸드가 넘쳐나는 단맛 공화국에 사는 우리에게

많은 것을 다시 한 번 생각하게 해준다.

추억의 아욱국

내가 봄이 되면 텃밭에 꼭 뿌리는 씨앗이 있다. 아욱이다. 다른 채소와 달리 벌레도 많이 덤비지 않고 하루가 다르게 크는 모습이 보기에도 좋을뿐더러 순을 질러 따먹어도 금방 새순이 돋기 때문이다. 하지만 그것보다 더 중요한 이유가 있다. 아욱국이 가져오는 아스라한 추억의 맛 때문이다.

나는 어릴 적 부여에서 백마강을 끼고 살았다. 그때의 백마강은 나에게 드넓은 호수였고 바다였다. 해질 무렵이면 따끈한 강모래를 맨발로 밟으며 놀기도 하고 한여름에는 친구들과 헤엄을 치던 곳이었다. 봄부터 여름까지 어른들은 거랭이로 강바닥을 긁어 손톱만한 조개를 잡았다. 지금은 눈을 씻고 찾아 보아도 사라진 백마강 재첩이다.

할머니는 이 재첩을 한 바가지씩 넣고 된장을 풀어 아욱국을 끓여주셨다. 아욱이야 마당가 텃밭에 수북하니 아예 그것을 낫으로 베어 왔다. 일 나간 아버지 대신 내가 하는 심부름이다. 다른 채소는 막무가내로 주무르면 안 되지만 아욱만큼은 달랐다. 줄기에서 떼어낸 잎사귀들을 박박 문지르면 거품이 인다. 내가 고사리 같은 손으로 장난치듯 주물러 놓은 아욱 잎은 할머니가 하나도 남기지 않

고 쓸어 담아 된장국에 넣었다. 솥단지에서 김이 나고 재첩 달그락
거리는 소리가 나면 할머니는 밀가루를 묽게 반죽하여 수제비를 떠
넣는다. 그 시절 재첩 아욱국은 그리운 고향의 맛이요 할머니가 떠
오르는 추억의 맛이다.

　금년 봄에도 텃밭에서 아욱이 무성하게 자랐다. 씨를 뿌린 지 얼
마 되지 않아 주체하기 어려울 정도로 싹을 틔우더니 벌써 줄기를
세우고 키를 재며 경쟁하고 있다. 씨앗 한 봉지를 한 곳에 무더기로
뿌려놓았으니 그럴 만도 하다. 잘 먹지도 않는 저런 풀떼기를 왜 해
마다 심느냐는 아내의 핀잔 때문에 넓은 곳에 마음 놓고 씨를 뿌리
지 못한 결과다. 하지만 비좁은 곳에서 크는 아욱은 의외로 연하고
줄기까지 부드럽다. 조금만 더 있으면 줄기마다 하얀 꽃대를 만들 테
니 지금이 수확하기 딱 맞다. 또 아욱은 밑둥까지 베어내면 그 자리
에서 새순이 금세 돋아나니 망설일 것도 없다.

아욱을 베어 놓으니 우리 내외가 다 감당하기 어렵다. 옆집과 앞집 채소밭을 둘러보니 아욱은 심지 않았다. 그 집들은 토박이 농사꾼이니 그러잖아도 초보 농사꾼인 나의 선생님들이다. 이참에 매번 농사일을 물어본 답례라도 할 겸 아욱 다발을 집집마다 문 앞에 두고 왔다. 흔한 것이라도 이웃지간에 나눠 먹는 게 시골 인심이다. 한참 후에 보니 옆집 할머니가 봄볕을 쪼이며 아욱 다발을 다듬고 있다. "아니 저 양반이 이제 농사꾼이 다 되었네"라며 나한테 들으라는 듯 중얼거리는 소리가 들린다. 왕초보 텃밭 농부가 처음으로 칭찬을 받았으니 아욱한테 절이라도 해야겠다.

　우리 집 텃밭에 가끔 들르는 친구들이 우리 집 김치가 최고라며 '비결이 무엇이냐?'고 한다. 직접 기른 배추로 담근 것뿐이요 별다른 양념이나 비결은 없다고 했다. 그래도 감춰둔 비결이 있을 거라는 추궁에 두 며느리까지 '어머니가 해주시는 김치가 세상에서 제일 맛있다'는 칭찬이 바로 양념이라면 양념이요 비결이라고 둘러댔다.

　봄에 시작한 아욱국은 가을까지 이어진다. 더구나 가을 아욱국은 문 닫고 먹을 만큼 맛있고 좋다는 말이 있다. 우리 집 음식 맛의 비결이 칭찬이니 아내한테 아욱국을 잘 끓인다고 칭찬이나 계속 퍼부어야겠다. 그러다 보면 혹시 어릴 때 할머니가 끓여주시던 그 아욱국 맛이 나지 있을까 기대된다.

개쩔지 싫어할지

해마다 유월 첫째 주말이 되면 개복숭아를 따는 날이다. 그날이 되자 올해도 어김없이 마을 방송에서 개복숭아를 수확하는 날이니 저수지 아래 동네 밭으로 오란다. 참가한 주민은 개복숭아를 한 자루씩 가져가고, 나머지 열매는 발효액을 만들어 마을 공동으로 판매한다고 한다.

어릴 적 봄날이 되면 두릅 순이 지천이던 산비탈 먼발치에서 보아도 금방 눈에 띄는 꽃나무가 보였다. 황홀한 분홍 꽃이 흐드러지게 핀 것을 보고 어머니는 저게 바로 개복숭아 꽃이라며 유난히 그 꽃을 좋아하셨다. 하늘거리는 가지 끝에 매달려 바람에 살랑거리는 개복숭아 꽃은 아주 매혹적이다. 가만히 쳐다보면 분홍색 꽃잎이 수줍은 듯 무언가 말을 건네는 듯하다. 지금까지도 개복숭아 꽃의 이야기를 다 듣지 못했으니 못내 궁금하고 그립다. 그래 내가 꽃을 좋아하시던 어머니 생각에 텃밭 정원 입구에 가장 먼저 심은 나무가 바로 개복숭아다.

'개'자가 붙은 것들은 모두 생명력이 강한 모양이다. 밭에 나는 개비름이 그렇고 개두릅이나 개옻나무도 그렇다. 아무리 뽑아내고 잘

라주어도 막무가내로 자라는 것이 참으로 끈질기다. 개복숭아도 마찬가지다, 같은 해에 심은 다른 나무는 아직도 자리를 잡느라 몸살하는 데 개복숭아는 내버려두었어도 잘도 자란다. 이제는 아예 나무를 타고 올라가 잔가지를 잘라주어야 할 정도다. 꽃으로만 보면 개복숭아 꽃은 다른 복사꽃에 비길 바가 아니도록 아름답다.

퇴직을 앞둔 직장 선배가 몸져누웠다는 말을 듣고 찾아간 적이 있다. 목소리도 잘 나오지 않고 목에 혹까지 났다고 한다. 빈손으로 갈 수 없어 우리 마을에서 담근 개복숭아 발효액을 두어 병 들고 갔다. 개복숭아가 생명력이 강하고 기관지에 좋다니 물 대신 마셔보라고 한 것이다. 개복숭아 효험을 본 것일까. 얼마 후에 그 양반이 우리 집 텃밭에 찾아왔는데 목에 난 혹도 거의 없어지고 쉰 소리가 나던 목소리까지 정상이다. 텃밭을 둘러보더니 나더러 농사짓느라 애먼 고생하지 말고 개복숭아 나무나 잔뜩 심으라고 한다.

꽃이나 보려고 심은 개복숭아 나무에 금년에도 통통한 열매가 주체하지 못할 정도로 많이 열렸다. 살이 잘 오른 개복숭아는 살짝 건드리기만 해도 땅에 떨어진다. 이것을 그냥 내버려 두기에는 아깝다. 지난주에 아내와 함께 개복숭아를 수확하여 처음으로 발효액을 담가 보았다. 개복숭아를 잘 씻어 솜털을 제거하고 물기를 뺀 뒤에 설탕과 일대 일로 잘 섞어 단지에 넣은 것이다.

가을이 오면 열매를 건져내고 단지를 서늘한 곳에 두어 숙성시키면 될 것이다. 이제부터 개복숭아 발효액의 성패는 시간 베고 길게 누운 세월에 맡기면 된다.

　아직은 설익었지만 개복숭아 단지만 바라봐도 벌써 부자가 다 된 느낌이다. 내년 봄쯤이면 우리 집 텃밭에 오는 사람한테 대접할 메뉴가 하나 더 생길 것이다. 이것이 뭐냐고 물어보면 직접 담근 개복숭아 발효액이니 생명의 기운을 맛보라고 해야겠다. 아마 요즘 세대 말마따나 '개쩐다'며 좋아라 할지, 시고 떫어 너나 먹으라고 할지는 그때 가봐야 알 것이다.

아주까리 내 사랑

첫해 텃밭 농사를 지을 때였다. 농사를 지어본 적이 없는 내가 처음 얻어 온 것이 아주까리 열매였다. 매끄럽게 윤기 나는 녀석들이 알록달록한 무늬까지 있어 마치 보석 같다. 가까이 사는 이모가 시댁의 시골집에서 얻어 온 귀한 열매다.

그해 봄에 내가 텃밭 가에 맨 처음 심어본 것이 아주까리였다. 그걸 심어서 어떻게 할 것인지는 둘째 문제였다. 어릴 적 고향 집 앞에 줄지어 서 있던 아주까리를 하루빨리 만나보고 싶었다. 아주까리는 넓은 잎을 손바닥처럼 펼치고 있었고 가을이면 도깨비방망이 같은 열매를 가득 매단다. 할머니는 봄부터 어린잎을 잘 말려 정월 대보름 나물로 무쳐주었고 열매는 기름을 짜서 쓴다고 했다.

첫 파종에 싹이나 날까 내심 걱정했더니 그것은 기우였다. 혹시 몰라서 한 구멍에 두세 개씩 넣었는데 하나도 빠짐없이 모두 싹을 틔웠다. 그 딱딱한 껍질을 깨고 두 쪽으로 갈라진 머리에서 싹이 돋더니 하루가 다르게 쑥쑥 자란다. 옆집 아저씨는 한 구멍에 한 개만 남기고 다 뽑아줘야 실하게 클 거라고 귀띔한다. 하지만 저리도 어리고 예쁜 싹을 어떻게 뽑아낸단 말인가. 지금도 내가 가장 어려운 일

이 어린싹을 솎아내는 일이다. 상추며 당근 같은 채소도 마찬가지다. 차마 손을 대지 못하였다.

　한 구멍에서 아주까리가 두세 포기씩 났지만 그해 나의 아주까리 농사는 아주 대성공이었다. 남들이 보면 별거 아니겠지만 나한테는 아주까리 한 포기 한 포기가 자식처럼 소중했다. 텃밭에 갈 때마다 거름과 물을 흠뻑 주고 그 앞에 쪼그리고 앉아 지켜보았다. 아주까리는 내 정성에 화답이라도 하듯 금세 하늘 높은 줄 모르고 키가 자랐다. 가을로 접어드니 그놈들은 아예 키 큰 나무가 되어있었다. 이제 가지 끝 새순을 따려면 사다리라도 놓아야 할 판이다. 나한테는 돈으로도 바꿀 수 없는 귀중한 아주까리 잎들이 봄부터 여름 내내 채반마다 가득 쌓였다.

그해 정월 대보름에는 아예 아주까리나물 잔치를 벌였다. 아내가 처음 무친 아주까리나물에서 어린 시절 할머니 냄새가 난다. 가죽나무 순과 뽕잎 나물 맛이 겹쳐서 풍기는 쌉싸름한 특유의 향기다. 그 어디에서도 경험하지 못할 맛에 끌리고 할머니에 대한 추억까지 더하니 아주까리나물에 매료되지 않을 수 없다.

지난 주말에 내 텃밭을 방문한 친구가 '누가 씨를 뿌리지도 않은 것 같은 데 여기에 아주까리 싹이 나네'라며 신기해한다. 가만히 보니 금년에도 텃밭 여기저기에 아주까리 새싹이 고개를 내밀고 있다. 반가운 녀석들이다. 지난번 꿈속에 할머니가 무쳐준 아주까리 나물을 맛있게 먹었는데 밭에 와보니 이렇게 싹이 돋는다고 둘러댔다. 옥수수 고랑에 난 새순을 이번에도 차마 뽑아내지 못하고 밭 가로 옮겨 주었다.

이 세상에 거저 나는 것이 무엇이 있으랴. 그 해 심었던 아주까리 열매가 겨울을 나고 금년에도 대를 이어 싹을 틔우니 대견스럽고 고마운 일이다. 우리 인생도 마찬가지일 것이다. 뿌린 대로 거두고 심은 대로 나는 것이 바로 인생이지 싶다.

냉면 절단 사건

올여름은 유난히 덥다. 후텁지근한 데다 며칠째 먼 산이 뿌연 것을 보니 미세먼지까지 기승을 부린다. 시원한 냉면이나 먹으면 답답한 가슴이 뚫릴 것 같다. 점심시간에 사무실에서 좀 멀었지만 꽤 잘한다는 냉면집을 찾아갔다.

은행에서 번호표를 뽑듯 대기표를 받아 들고 한참을 기다린 후자리를 잡았다. 넓은 홀에서 분주하게 뛰어다니던 아주머니가 빨리 주문하라고 재촉한다. 내가 물냉면을 먹는다고 하니 같이 간 동료가 "물 하나에 비빔 둘이요"라고 외쳤다.

냉면이 나오자마자 그 아주머니가 물어볼 것도 없이 가지고 있던 가위로 면 다발을 싹둑 잘라주었다. 뜨거운 면수를 마시는 사이 나도 모르게 벌어진 일이다. 오늘 냉면은 망했다는 생각이 들었다. 열십자로 갈라진 면 다발을 보니 불현듯 오래전에 일어난 냉면 절단 사건이 떠올랐다.

그때 정년퇴직이 얼마 남지 않은 분이 우리 사무실의 책임자로 오셨다. 짜리몽땅한 체구에 배만 불뚝 나온 그 양반 별명은 자연스럽게 금복주였다. 첫 대면에 목소리가 하도 커서 바짝 긴장했는데 별명과는 다르게 술은 입에도 대지 않는다고 했다. 술 대신 그 양반이 가장 좋아하는 것이 바로 냉면이었다.

아니나 다를까 며칠 후에 이 근방에서 가장 잘하는 냉면집이 어딘지 가보자고 했다. 내가 평소에 자주 가던 원산면옥, 평양면옥, 함흥냉면집을 떠올리다 그분 고향이 평양이라는 귀띔에 고민할 필요가 없었다. 시내 중심가 극장 통에 있는 평양냉면집으로 얼른 모시고 갔다.

유명세를 증명이라도 하듯 이른 저녁 시간인데도 그 집은 손님들로 발 디딜 틈이 없었다. 겨우 문 앞에 자리가 나서 앉으려 하니 좀 기다려 보자고 한다. 한참 후에 금복주는 주저 없이 맨 앞으로 가더니 수방 코앞에 자리를 잡았다. 냉면집에서는 주방 앞에 앉아야 제대로 된 면 맛을 볼 수 있다고 설명한다. 음식을 나르는 동안 면이 굳어져 풍미가 떨어진다는 얘기다. 순간 심상찮은 분위기에 바짝 긴장되었다.

저녁 식사에 달랑 냉면만 대접하는 것은 예의가 아니라는 생각이 들었다. 불고기나 냉채 수육이라도 한 접시 주문하겠다고 하니 고개를 저으며 손가락 네 개를 펴 보인다. 냉면만 네 그릇을 주문하라는 신호다. 사람이 셋인데 네 그릇이라니 당황스럽기는 동행한 직원도 마찬가지였다. 혹시 누가 또 오시냐고 했더니 아니란다.

메밀면이 먹음직스럽게 담긴 시원한 물냉면이 나왔다. 동치미 무와 배를 썰어 넣은 고명 위로 초록색 오이와 편육이 얹혀 있고 살얼음 위에서 삶은 계란 반쪽이 활짝 웃고 있다. 종업원 아가씨가 가위를 들더니 거침없이 물냉면 한가운데를 동강 내기 시작했다. 금복주는 화들짝 놀라면서 특유의 고음으로 소리를 질렀다.

"아니, 이 간 나이. 그걸 자르면 무슨 맛이 간? 이거는 자네나 먹고 다시 가져 오라우"

쩌렁쩌렁한 목소리를 얼른 수습해야 했다. 잘린 거는 내가 먹겠다며 내 앞으로 당겼다. 금복주는 한술 더 떴다.
"첫내 나는 냉면을 쳐먹겠다는 거이가? 다시 가져오란 말이요"

평소와는 달리 노기 어린 금복주의 목소리에는 북한식 억양이 잔뜩 들어가 있었다.

금복주는 이북에서 태어났다고 한다. 평양냉면이 바로 고향의 어머니 같은데 어떻게 그것을 가위로 자를 수 있냐고 했다. 메밀면을 이로 끊어먹는 묘미를 모르면 냉면 먹을 자격이 없다고까지 했다. 면 사리를 추가해서 남은 육수에 넣는 것도 예의가 아니라고 했다. 그래서 본인은 냉면을 항상 두 그릇씩 시킨다고 한다.

결국 나는 그 양반이 천천히 냉면 두 그릇을 다 비울 때까지 자세를 단정히 하고 냉면에 대한 철학과 예의에 대하여 엄숙한 강의를 들어야 했다. 그날 세 명이 냉면을 먹고 반납한 냉면까지 합쳐 다섯 그릇 값을 냈지만 하나도 아깝지는 않았다. 그 사건 이후 나는 지금까지 냉면을 가위로 잘라먹을 엄두를 내지 못하고 있다.

냉면은 그야말로 한국적인 음식이다. 서양 어디에도 찬물이나 얼음에 국수를 넣어 먹는 나라는 없다. 냉면은 아마 우리나라에서 동치미 국물에 국수를 말아먹던 경험에서 시작되었을 것이다. 지금도 고기 육수에 동치미 국물을 섞어 내놓는 냉면집도 꽤 많다.

나도 맹숭맹숭하지만 왠지 자꾸 끌리는 동치미 육수 냉면을 가장 좋아한다. 내가 자주 가는 숯골 냉면집 역시 6.25 전쟁통에 피난을 내려와서 냉면집을 시작했다고 한다. 처음 그 집 냉면을 먹었을 때는 금강산 옥류관에서 먹던 냉면처럼 뭔가 속았다는 느낌이 들었다. 행주 삶아놓은 물 같은 육수가 아무런 맛도 아니었고 뭔가 서운한 듯했다. 하지만 시간이 지날수록 희미한 옛사랑처럼 자꾸 그리워지는 그 집의 냉면 맛에 자꾸 끌린다.

냉면의 면발도 지방에 따라 함흥 쪽에서는 그 지방에서 흔하게 나오는 감자로 아주 희고 가는 농마(녹말) 국수를 만들었고 평양이나 강원도 쪽에서는 메밀가루로 면을 뽑았다. 메밀면도 농마국수처럼 뽀얀 것이지만 풍미를 더하려고 메밀 껍데기를 볶아서 섞다 보니 색이 진해진 것이라고 한다. 이렇게 냉면이 추운 지방에서부터 시작된 듯하나 남쪽의 진주에서도 풍류 음식으로 자리 잡고 있었다. 그래서 진주의 냉면은 육전이 푸짐하게 올라가고 고명이 아주 화려한 것이 특징이다.

선주후면(先酒後麵)이라고 원래 냉면은 술을 먹고 나서 속을 푸는 음식으로 먹었다고 한다. 속을 달래려면 간이 세거나 자극적이면 안 되었다. 싱거우면서도 시원하게 속을 달래주는 그런 냉면은 만들기도 어렵고 꽤 특별한 음식이었다. 그래서 예나 지금이나 냉면을 먹는 날은 땡잡은 날이었다.

이제 냉면은 계절을 가리지 않고 누구나 사시사철 먹는 음식이 되었다. 누가 어디에 맛있다는 냉면집이 있다고 알려주면 근사한 식사를 얻어먹는 것보다 훨씬 고맙다. 어떤 맛이 나를 기다리고 있을지 설레기 때문이다. 오늘 찾아간 집에서는 면을 가위로 절단 내는 바람에 당황스러운 맛부터 보아야 했다. 냉면을 다시 가져오라고 소리 지를 용기는 나지 않았다.

혼자 속으로만 구시렁거리면서 싹뚝 잘린 메밀면을 주섬주섬 입에 쑤셔 넣었다. 꼭 가위 맛이 나는 것 같다. 그래도 참고 먹다 보니 소문대로 냉면 맛은 기대 이상이다. 슴슴하여 혀를 자극하지 않으면서도 오래도록 개운한 여운이 남는다. 좋은 친구라도 만난 기분이다. 따끈한 면수도 일품이다. 다만 이 집은 가위를 들고 덤비지만 않았으면 좋겠다.

〈2025 빛나는 수필가, The 수필〉

니가 홍어 맛을 알아?

어릴 적 봄이 익으면 어머니가 특별히 해주는 음식이 있었다. 장날에 사 온 박대와 간재미로 별미를 만들어 주는 것이다. 평생을 부여에서 사신 어머니가 가장 자신 있게 하는 요리다. 박대를 굽고 간재미로 무침과 찜을 했는데 그중에서 간재미 찜은 나를 아주 황홀하게 했다. 결대로 찢어지는 통통한 살의 알싸한 맛도 일품이지만 오독오독 씹히는 묘한 식감은 어디서도 경험하지 못한 신세계였다.

그 간재미가 우리가 아는 홍어의 사투리요, 전라도에서는 강개미 또는 홍에라고도 한다. 사실 우리가 아는 몸집이 크고 삭혀서도 먹는 홍어는 참홍어다. 참홍어조차 새끼 때는 모두 간재미라고 불렀고 남해나 서해에서 많이 잡혔기 때문에 홍어는 원래 막걸리를 곁들여 먹는 서민의 음식이었다.

홍어는 바다에서 꽃게나 광어, 우럭 새끼는 물론 멸치 등 몸에 좋은 것을 잡아먹고 크는 별난 놈이다. 기후가 변하면서 이제 어획량이 줄어들어 국내산 참홍어는 귀하신 몸이 되었다. 가장 맛있다는 홍어 코라도 두어 점 맛보려면 하루치 일당과 맞바꾸어야 할 정도다. 그 귀하신 자리를 여지없이 칠레나 아르헨티나 같은 외국산이 차지하고 있다. 이래저래 제대로 된 홍어 맛을 보기는 더 어려워진 셈이다.

홍어 맛에 대한 호불호는 극명하게 갈린다. 삭힌 홍어 냄새가 지독하다고 아예 거들떠보지도 않는 사람도 있고, 누가 뭐래도 홍어는 삭힌 맛이라고 하는 사람도 있다. 나야 어릴 적부터 뭐든 가리지 않고 먹었으니 홍어도 생 것이든 삭힌 것이든 가리지 않는다. 내가 자주 가는 목포에서 들어보니 원래 그곳 토박이들은 홍어를 삭히지 않고 먹는다고 한다. 지금 홍어회라면 삭힌 홍어를 뜻하는 데 홍어의 본고장에서조차 홍어회를 홍어회라고 부르지 못하고 생홍어회라고 해야 뜻이 통하니 그것도 아이러니다.

생홍어 회를 먹어보면 찰지면서도 부드럽고 달착지근한 끝맛이 그 어디에도 견줄 수 없다. 더구나 홍어애는 간인데 날로 먹을 때의 고소하고 기름진 맛이 일품이요 돌미나리나 콩나물을 넣고 끓인 홍어애국도 별미 중의 별미다. 이런 홍어탕은 흑산도 현지에서는 바다에서 나는 톳이나 파래를 넣고 끓이는데 목포나 해남 쪽에서는 제철에 나는 보리싹을 넣고 끓여야 제맛이라고 한다. 삭힌 홍어의 특유한 냄새는 세상천지 어디서도 찾을 수 없는 독특한 맛이다. 묵은지 위에 돼지고기 수육과 잘 삭힌 홍어 한 점을 올려놓고 막걸리 한 사발 곁들이는 삼합 홍탁의 맛은 그야말로 홍어 맛의 정점이다.

목포에서 나를 형님이라 부르는 동료 교수가 홍어 한 박스를 보내왔다. 흑산도에 사는 학부모가 잡은 것이라니 틀림없이 진짜배기다.

혼자 다 먹기에 아깝기도 하도 홍어 자랑도 할 겸 고향 친구들을 텃밭으로 불러 모았다. 막걸리에 묵은김치까지 준비해 놓고 빙 둘러앉아 박스를 열었다. 모두 코를 막을 준비를 하고 있었는데 웬걸 홍어가 싱싱해도 너무 싱싱하다. 반응은 두 패로 갈린다. 냄새도 없고 찰진 맛이 아주 인절미 같다는 친구도 있고 이런 날 것이 무슨 홍어회냐고 구시렁거리는 친구도 있다.

   야, 이놈들아. 삭힌 맛이 안 나면 생선회로 알고 먹고, 홍어 맛이 안 나면 간재미 맛으로 그냥 먹어. 날로 먹든 삭혀 먹든 원래부터 다 한패여. 잔소리는 그만하고 이거 한 박스 다 해치우기 전에는 집에 돌아갈 생각을 아예 하덜 말어.

펄펄 끓는 시원한 콩나물국밥

맹물하고 콩나물 그리고 소금 한 꼬집만 있으면 된다. 세상천지에 이보다 쉬운 음식이 어디 있으며 이보다 시원한 국물이 어디 있으랴. 내가 콩나물국을 찬양하는 이유다.

내가 만드는 콩나물국은 그야말로 내 성격만큼 단순 무식하다. 여기에 소고기를 썰어 넣었다고 소고깃국으로 변하는 것도 아니고 갖은양념을 더하거나 새우젓을 넣어봤자 본연의 맑은 맛을 흐려놓을 뿐이다. 콩나물국은 콩나물이 주인공이니 다른 것은 일체 삼가야 하리. 그래, 콩나물을 너무 푹신 삶지 말고 소금도 그 맛이 드러나지 않게 해야 한다. 그게 전부다. 남은 콩나물 국물은 시원하게 냉장고에 넣어 두었다가 텃밭에서 따온 오이를 채 썰어 넣어 냉국으로 먹으면 그만이다. 여기까지가 내가 끓여 먹는 콩나물국 레시피요 자기 합리화다. 주말부부인 내가 이렇다 할 재료 없이 혼자 간편하게 국을 끓이다 보니 탄생한 나만의 조리법이요 변명이다.

콩나물처럼 우리나라 사람이 흔히 먹는 것도 없다. 그 흔한 콩나물을 먹는 나라는 세계적으로 찾아봐도 우리나라밖에 없다. 콩은 전 세계적으로 재배하지만 이것을 싹 틔워 먹는 나라는 우리나라가 거의 유일할 것이다. 심지어 우리와 가까운 일본이나 중국에서도 콩나물을 먹는다는 소리는 들어보지 못했고 숙주가 그 자리를 대신한다. 이러고 보니 콩나물은 우리나라 사람만의 참 독특하고 재미있는 먹거리다.

어릴 적 방안 윗목에는 늘 콩나물시루가 검은 보자기를 뒤집어쓰고 있었다. 콩나물처럼 고물고물한 대식구가 배불리 밥을 먹는 데는 집에서 직접 기른 콩나물이 일 년 내내 효자 노릇을 했다. 심지어 한겨울에도 물만 주면 쑥쑥 크는 콩나물은 돈을 주고 사지 않아도 되는 것이요 국도 끓이고 무침으로 또는 아예 콩나물밥으로 만들어 시도 때도 없이 배불리 먹었다. 이런 콩나물국은 집집마다 요리법도 다양하고 넣는 재료에 따라 황태 콩나물국도 되고 오징어 콩나물국도 된다. 한여름에는 콩나물 냉국이 되고 겨울에 감기라도 걸리면 으레 고춧가루를 듬뿍 친 매운 콩나물탕이 등장했다.

우리나라에서 콩나물이 들어간 국밥은 전국 어디서든 볼 수 있지만 식당 메뉴에까지 이름이 올라가는 것은 전주식 콩나물국밥이다. 아마 전주는 비빔밥과 콩나물국밥 이 두 가지로 맛의 고향이라는 명성을 얻었지 않았나 싶다. 그중에서도 나는 콩나물국밥을 유난히 좋아한다. 직장 때문에 이태 동안이나 전주에서 주말부부로 지내는 동안 내가 좋아하는 콩나물국밥을 원도 없이 먹어봤다. 남부시장의 현대옥이나 왱이집, 삼백집 같은 노포에 가면 약속을 하지 않았어도 아는 사람도 만나게 되고 반가운 마음에 모주 한 잔으로 건배까지 한다. 그래서 내게 전주는 지금도 그리운 콩나물국밥의 고향이다.

대학에서 평생을 근무하다 보니 외국에서 온 유학생들을 만날 기회가 많다. 교직원도 있고 학생도 있다. K푸드로 교직원들은 불고기나 비빔밥을 좋아하고 학생들은 라면이나 치맥에 환호한다. 다음에는 그것 말고도 너희가 먹어보지 못한 한국 사람들이 즐겨 먹는 음식이 있는 데 한번 먹어보자고 슬슬 유혹해 봐야겠다. 다만 펄펄 끓는 콩나물국밥을 먹으며 역시 시원하다고 탄성을 지를 나를 이해할 수 있을지는 잘 모르겠다.

구즉 묵마을에서

한여름 토요일이다. 다음 주부터 아내의 형제자매 일곱이 부부동반으로 여행을 간다고 떠들썩하다. 안식년으로 쉬고 있는 막내 목사 부부는 벌써 필리핀 현지에서 기다리고 있단다. 모처럼의 여행에 나도 동행하고 싶지만 퇴직 후 재취업한 직장에서 일주일씩 자리를 비우는 것은 어림없는 일이다. 그렇다고 큰 딸인 아내가 안 갈 수는 없다. 결국 나만 빠지기로 했다.

아내는 속상하다고 울상이고 나는 미안해서 죽을 맛이다. 떫은 마음을 바로 달래야 한다. 아내한테 오늘 저녁은 밖에 나가 맛있는 거나 먹자고 떠보았다. 어디로 갈 거냐는 물음에 문득 생각나는 곳이 있다. 구즉 묵마을에 있는 옛집이다. 우리가 신혼 때 아들이 태어나기도 전부터 다니던 곳이다.

묵 마을은 대전에서 신탄진 쪽 산골짜기, 깊숙한 곳에 있었다. 원래 이십여 집이 옹기종기 모여 살았는데 가을에 도토리와 상수리가 많이 나니 자연스럽게 묵집이 생기고 집집마다 두부도 만들어 팔던 곳이다. 도시에서 느끼지 못하는 정취도 있고 맛도 좋아 단골로 다니던 곳이다. 한때는 역대 대통령들까지 이곳을 찾아 소박하지만 토

속적인 음식을 대접받아 유명세를 타기도 했다. 이제는 도시가 개발되면서 아파트 단지로 바뀐 지 이십 년이 다 되어간다. 다행히 몇 집이 근처로 자리를 옮겨 예전의 손맛을 이어가고 있다.

묵은 도토리나 상수리 열매로 만든 것이다. 아마 이런 열매로 음식을 만들어 먹는 나라는 우리가 유일할 것이다. 내 어린 시절만 해도 가을이면 샘가에는 큼직한 함지박에 물을 가득 채워 놓고 산길을 오가며 주워 온 상수리 열매를 던져놓았다. 상수리 한두 개로 어느 세월에 묵을 쑬까 하겠지만 하루하루 모으다 보면 어느새 그릇이 가득 찬다. 아이들은 그중에서 야무진 것을 골라 구슬치기도 하도 반을 쪼개 도장을 파면서 놀았다. 어머니는 그걸 빻아 묵을 쑤었는데 특별한 맛은 나지 않았지만 아주 근사한 먹거리였다. 나의 고향 마을 뒷산은 참나무가 숲을 이루고 있었으니 겨우내 찰진 상수리묵을 해마다 먹을 수 있었다.

몇 해 전 고향 마을에 성묘하러 간 김에 상수리를 한 자루 넘게 주워 온 적이 있다. 산소에 오르는 길에 소복하게 떨어져 있는 상수리는 마치 아버지 어머니가 주는 선물 같았다. 그 선물을 보고도 못 본 체할 수 없어 주워 담다 보니 한 배낭이다. 시장에 있는 방앗간에 들려 내가 주워 온 상수리를 보여주니 깨끗이 씻어 곱게 빻아준다. 자루에 넣은 채 물을 붓고 치대면 하얀 앙금이 가라앉는 데 그것을 굳혀 끓이면 된단다. 말은 쉬워도 그날 밤 새벽까지 갖은 고생을 하다 몸살까지 난 기억이 난다. 이리 어려운 걸 어머니는 해마다

했다니 저절로 고개가 숙여진다. 묵이야말로 흔한 음식 같지만 제대로 된 맛을 보려면 여간 부지런해서는 어림도 없다.

이런 묵이 옛 음식이요, 나이 드신 분들이나 좋아할 것 같은 데 최근에는 중금속을 배출시키는 데 효과가 있다면서 관심을 끌고 있다. 더구나 열량이 거의 없어 많이 먹어도 살이 찌지 않는다니 다이어트에 열광하는 젊은 사람들한테도 인기가 높다. 나야 이런 이유보다 어릴 적부터 밴 입맛 때문에 묵을 찾는다. 상수리 묵을 보고 있으면 어릴 적 고향 집의 이야기가 들려오는 듯하다.

구즉 묵마을에 아들 며느리와 손자 손녀들까지 다 모였다. 닭백숙에 곁들여 묵 채와 두부를 시켰다. 묵채를 보니 시원한 얼음 물에 채 썬 묵이 가득 담겨 있다. 별미다. 육수도 감칠맛이 일품이며 양념도 옛 맛 그대로다. 다행히 어린 손자 손녀들까지 맛있다면서 잘 먹어주니 고마운 일이다. 아내가 여행에서 돌아오면 아내의 형제자매들한테 함께 못 간 죄를 갚아야 한다. 이 집에 한 번 오라 하여 묵채나 한 대접하면 어떨지 싶다

할아버지 돈족탕

우연히 TV 채널을 돌리다 멋진 장면을 발견했다. 할리데이비슨 오토바이에서 내린 중년의 여성이 헬멧을 벗으며 머리칼을 좌우로 턴다. 이때까지는 뭐지 싶어 그냥 봤다. 그녀가 입을 여는 순간 맛집 이야기를 하는데 구수한 충청도 사투리로 양념했다.

거침없는 입담과 꾸밈없는 몸짓마저 관심 가는 데 알고 보니 요리 전문가요 교수다. 본인이 태어난 고향 마을에서 어릴 적 어머니와 함께 먹던 돈족탕 이야기를 한다. 뭐에 홀리기라도 한 듯 그 양반 이야기 속으로 빠져든다.

우리 할머니 생전에 만들어 준 돈족탕을 내가 유난히 좋아했는데 군침이 돈다. 가만 보니 화면 속 노포가 내가 다니는 직장에서 멀지 않은 곳이다. 꼭 한 번 찾아가 봐야겠다. TV에 나오던 곳이 고향인 직원들한테 그 집을 물어보아도 모두 처음 들어본다는 표정이다. 하기야 요즘 젊은이들이 족발에는 환호해도 돈족탕은 입에도 대지 않을 듯싶다. 집에 가서 어른들한테 여쭈어보라고 숙제를 내준 덕분에 드디어 찾아갈 단서를 찾았다.

삽교방조제 안쪽 마을이다. 황금빛 들판이 끝없이 펼쳐진 논 가운데를 지나 어렵사리 찾아간 노포 입구에는 생뚱맞게도 돌로 만든 고래 조각상이 떡하니 놓여있다. 저녁 어스름에 가로등이 비추는 안내판을 읽어보니 예전에는 이곳까지 바닷물이 들락거렸고 고래까지 나타났단다. 반가운 마음에 고래 그림이 그려진 식당 문을 활짝 열고 들어갔는데 아무런 인기척이 없다. 손님도 하나도 안 보인다. 시골 마을은 생각보다 일찌감치 밥을 먹고 초저녁부터 문 닫고 자는 듯싶다.

한참 만에 부엌에서 대파를 다듬던 할머니 한 분이 인기척을 듣고 어떻게 오셨냐고 한다. 모임에 오신 분들은 술 한 잔씩 하고 벌써 다 돌아갔단다. 아마 내가 누굴 찾으러 온 줄 아는 모양이다. 돈족탕이 생각나 일부러 찾아왔다는 말에 장사가 끝났지만 좀 기다려 보라며 그걸 먹어본 적이 있냐고 묻는다. 어릴 적 시골집에서 할머니가 끓여준 뽀얀 국물 맛은 알고 있다고 하니 환하게 웃으신다.

주인 할머니가 내온 뚝배기가 펄펄 끓고 있다. 채 썰어 놓은 대파를 한 움큼 더 집어넣고 곰삭힌 새우젓으로 간을 맞춰 한 숟가락 떠 먹어보니 입에 쩍 쩍 달라붙는 게 아주 일품이다. 주인 할머니는 돈족탕 마지막 손님이 이렇게 맛있게 먹어주니 지금까지 장사를 헛되게 한 게 아니라며 연신 고맙다고 한다. 서울 사는 큰딸이 시골집에서 혼자 장사하는 고생을 그만두라고 하도 성화를 대는 바람에 이제 족탕은 그만 삶고 다음 주에 큰 딸네 집으로 이사 가려고 한단다. 남은 음식은 동네 사람들과 나눠 먹을 참이란다. 어렵사리 추억의 맛을 겨우 찾아왔는데 내가 마지막 손님이라니 이걸 감사해야 할지 서운해야 할지 마음이 갈팡질팡 어지럽다.

아직 꽃샘추위가 매서운 주말이다. 모처럼 텃밭 솥단지에 불을 지폈다. 매캐없이 불 때면서 쳐다보는 불멍도 좋지만 이번에는 솥단지 안에 시장에서 사 온 돼지 족을 가득 넣고 삶는 중이다. 정원에 심은 나뭇가지를 잘라 모아두었는데 아주 잘 말랐다. 매케한 연기 속에서 나뭇가지가 타는 향이 묘하다. 마른 포도 줄기는 포도 냄새를, 장미 가시는 장미 향을 피워 내는 듯하다. 들깻 대가 타닥거리며 타는 불꽃 사이로 몇 해 전에 찾아갔던 돈족탕 집 추억이 떠오른다. 혼자 먹기 아까워 넉넉하게 포장해온 돈족탕을 며느리와 손자 손녀들까지 수다를 떨며 맛있게 먹었던 모습이 아스라이 떠오른다.

아흔을 바라보던 그 집 할머니가 디는 돈족탕을 끓이지 않으니 이번에는 내가 흉내라도 내 볼 참이다. 잘 다듬은 돼지 족은 찬물에 담가 충분히 핏물을 뺀 후에 소주를 넣고 한 번 삶아 첫물을 버리고 기름을 걷어 잡내를 잡으면 된다고 했다. 마늘이나 생강 같은 다른 양념조차 삼가고 그저 맹물만 붓고 푹신 고아 굵은소금만 치면 된단다. 한낮에 시작한 불멍 놀이가 저녁노을이 지면서 아궁이에 황금빛 숯덩이를 남기고 마무리되었다. 족발 삶은 국물이 뽀얀 우유빛이다. 한참 뒤에 보니 차가운 저녁 바람에 뽀얀 국물이 굳어 청포묵처럼 찰랑거린다.

 입맛 까다로운 어린 손자 손녀가 지난 번처럼 멋모르고 잘 먹어
줄지 걱정이다. 아이들이 좋아하는 치즈 돈가스는 아니어도 포도향,
장미향에 들깨 향까지 입힌 할아버지 표 돈족탕이 훗날에 멋진 추
억이 되었으면 좋겠다. 그래, 이런 청승맞은 음식을 뭐하러 만드냐고
식구들이 타박을 하던 말던 내 사랑 돈족탕은 이제 시작했으니 내
생전에 변함없이 이어지리라.

부족해야 맛난 하지감자국

내가 평생을 먹어온 것이 국과 밥이다. 가끔 빵이나 국수도 찾지만 그것은 주식이라기보다는 간식이요, 지금까지 나를 지탱해 온 것은 국과 밥이 틀림없다. 더구나 어릴 때부터 국이 없으면 밥을 먹은 것 같지 않았으니 국밥이야말로 나를 지탱해온 전부나 다름없다.

귀촌하여 옆집에 사는 분이 해거름에 슬며시 찾아왔다. 맛있다는 국밥집을 찾아간 김에 내 생각이 나서 선지국밥 한 그릇을 사 왔으니 먹어보라고 한다. 내가 국밥을 좋아한다는 말을 기억하고 있었나 보다. 마침 텃밭 일을 마치고 시장하던 참에 허겁지겁 달려들어 먹었다. 깔끔하면서도 시원한 맛이 먹을 만한 정도가 아니라 반할 정도의 맛이었다. 양도 넉넉해 다음 날 아침까지 배불리 먹었다.

국밥은 국물에 들어간 재료에 따라 선지국밥, 소머리국밥, 콩나물국밥, 돼지국밥, 순대국밥도 있고 아예 해장국으로 부르기도 한다. 설렁탕이나 육개장은 물론 보신탕 역시 일종의 국밥이긴 마찬가지다. 전국 방방곡곡 국밥이란 국밥을 다 모아본다면 종류나 맛은 한도 끝도 없을 것이다. 전국 팔도에서 입에 맞는 국밥 한 그릇이 주는 행복을 평생 찾아다녔다. 내가 미식가의 경지는 아니라도 음식 맛을 소중하게 여기는 성품을 타고났으니 그 역시 팔자소관이지 싶다.

국밥은 국에 밥을 넣어 먹는 음식문화이자 한국을 대표하는 국민 음식이다. 쌀을 주식으로 하는 전 세계 어느 나라를 둘러보아도 국물에 밥을 말아 먹는 나라는 우리나라가 거의 유일하다. 인도나 동남아시아 또는 중국 등지에서는 쌀 자체의 품종이 달라 주로 볶음밥을 만들어 먹고 수질이 좋지 않아 국물 요리가 발전하기 어려웠던 탓이다. 우리와 비슷한 쌀을 갖고 있는 일본에서조차 우리 같은 국밥 문화는 찾아보기 어렵다. 그리고 보면 평생 국밥을 좋아한 나는 여지없는 토종 한국 사람이 틀림없다.

사회 초년병 시절 공주에서 직장을 다닐 때였다. 시내 복판을 흐르는 제민천 주변에는 국밥집이 줄지어 있었다. 그중에서도 한 식당의 국밥은 나의 입맛을 매료시켰다. 소박한 밥상이었지만 그때까지 먹던 국밥과는 차원이 달랐기 때문이다. 하숙집에서 밥상을 차려놓고 나를 기다리는 줄 뻔히 알면서도 퇴근 후에 종종 혼자서도 그 국밥집을 찾아갈 정도였다. 지금도 모처럼 옛 추억이 떠올라 공주까지 예전의 국밥집을 찾아가 보지만 아이들은 국밥 대신 석갈비나 다른 메뉴를 주문한다. 젊은이들의 입맛은 내 국밥 추억과는 많이 다른 모양이다.

평생 남이 해주는 음식만 먹고 살아온 내가 제대로 할 줄 아는 음식은 거의 없다. 늘그막에 사람대접을 받으려면 한 가지라도 제대로 만들 줄 아는 음식이 있어야 한단다. 내가 할 수 있는 음식이 무엇일까 생각해 보니 아들이 입맛이 떨어졌을 때 찾는 메뉴가 있다. 하지감자가 나올 때 할머니가 오징어를 넣고 만들어 주던 우리 집 표 국밥이다.

조리법은 간단하다. 맑은 멸치육수에 집에서 담근 고추장을 되직하게 풀고 하지감자를 두툼하게 썰어 넣는다. 여기에 오징어 한 마리를 보기 좋게 썰어 넣으면 그만이다. 단맛을 더 내려면 굵은 대파를 통째로 엇 썰어 넣고 은근한 불로 국물이 뭉근해질 때까지 조리면 된다. 여기에 다른 재료를 더 넣거나 맛을 낸다고 젓갈이나 양념을 첨가하면 완전 잡탕이 된다. 가장 중요한 것은 그러한 유혹을 물리치는 것이다. 그래야 재료 본연의 맛이 살아난다.

지난 주말에 내가 만든 이 음식을 냄비째 들고 아내한테 맛을 보라고 해보았다. 이 음식의 주연은 집에서 담근 고추장과 감자요 오징어는 조연이다. 국물이 많지 않지만 그렇다고 조림은 아니다. 아내의 표정을 보니 합격이다. 무슨 이름도 없는 요리지만 내가 '고추장 맛 하지감자국'이라고 해보았다. 먹는 방법은 식은 밥에 이 국물을 얹어 먹어야 제맛이다. 이번 주말에 아들 내외가 오면 아버지표 하지감자국이나 한솥 끓여 주어야겠다.

개 혀?

우리 텃밭을 처음으로 오는 친구에게 관공서를 중심으로 한참을 설명했는데도 알아듣지를 못한다. 답답한 마음에 보신탕집을 중심으로 설명하니 곧바로 알아듣는다. 다른 곳을 몰라도 그 유명한 보신탕집은 잘 안단다.

충청도 촌놈으로 태어난 내가 보신탕을 못 먹을 리 없다. 그것은 아주 어릴 적부터 그랬다. 특히 삼복더위가 오면 동네 어른들은 개를 잡아 동네잔치를 벌이기 일쑤였다. 직장에 다니면서도 보신탕은 여름철 단골 회식 메뉴이자 보양식이었다. 더구나 서천이 고향인 장모께서는 생전에 정작 당신은 입에 대지도 않으면서 큰사위가 왔다고 보신탕을 직접 끓여 주기도 했다. 서천에서는 전라도에서 홍어를 대접하듯 보신탕을 대접하는 게 전통으로 남아있었다.

우리나라에서 개고기를 먹는 문화가 언제부터 시작되었는지는 가늠하기 어렵다. 아마 조선시대 또는 그 이전부터 자연스럽게 개를 식용으로 삼았을 것이다. 다만 조선 말엽에 개장국을 처음으로 시장에서 판 것이 서천 판교의 백중장이었다는 기록이 있다. 우리의 개고기 식용 문화는 구한말에 천주교 선교사를 통해 유럽의 프랑스까지 알려졌다고 한다.

보신탕은 개장국을 완곡하게 부르는 말이다. 사철탕이나 영양탕
으로 부르기도 한다. 다른 음식들이 그렇듯 보신탕 역시 지역별로
요리법은 각양각색이다. 어릴 적부터 내가 좋아하는 보신탕은 기름
이 뜨지 않은 맑은 국물에 정구지를 듬뿍 넣은 것이었다. 물론 마늘
과 들깨가루를 넣는 것은 필수였고 고기는 손으로 찢어 맨 소금을
찍어 먹었다. 지역에 따라 개장국에 선지를 넣는 집도 있고 고추장
이나 된장을 넣거나 새우젓으로 맛을 내는 집도 있다. 물론 그 당시
먹던 개는 요즘처럼 집집마다 기르는 애완견이나 반려견은 분명 아
니었다.

최근 여러 해 동안 개고기 식용문화에 대한 논쟁이 치열하다. 결
국 금년 초에 개식용을 금지하는 법이 공포되었다. 사람 입에 들어
가는 것을 국가가 통제한다니 그게 무슨 말인가. 확인해 보니 누구
든지 식용을 목적으로 개를 사육하거나 개를 조리한 식품을 판매해
서는 안 된다는 것이 골자다. 개식용 종식법 어디를 보아도 개를 먹
는 것을 금지하는 조항은 없다. 참 알다가도 모를 법이다. 그렇다고
집에서 개를 잡아먹을 사람은 아무도 없을 것이다. 이제 아무도 대
놓고 보신탕을 판매할 수 없으니 개고기를 먹는 문화는 아예 사라
질 것이요 나 역시 살아생전에 더는 개고기 맛을 보긴 글렀다.

친구가 보신탕집 근처에 도착했는가 보다. 울리는 전화를 받으니

대뜸 "개 혀?"하고 묻는다. 아마도 '개고기를 먹는지' 궁금했던 모양이다. 우리만의 암호다. 순간 친구들이 우리 집에 올 때마다 보신탕을 먼저 떠올릴까 걱정이다. 처음 방문하는 친구마다 보신탕 집을 이정표 삼아 찾을 것이 아닌가. 내 대답은 간단하다. "개, 안혀"

텃밭 그늘에서 바비큐를 준비하고 있으니 어서 오라고 했다. '개 혀?'라는 말도 이제 추억 속으로 사라지려나 보다.

선한 콩국수나 한 그릇 해유

한여름이다. 점심으로 무엇을 먹을까 고민해 봤지만 무더위를 씻어줄 별미로 콩국수만 한 음식도 드물다. 고소하면서도 시원한 콩국에 얼음이라도 동동 띄워 차갑게 먹다 보면 흐르던 땀도 쏙 들어간다.

여름철 음식으로 콩국수는 냉면과 쌍벽을 이루는 대표적인 메뉴지만 두 음식에 대한 느낌은 전혀 다르다. 냉면이 밖에서 사 먹어야 하는 음식이라면 콩국수는 어릴 적부터 어머니가 직접 만들어 주던 음식이다. 그래서 콩국수는 더 친근하면서도 푸근한 고향의 향수를 느끼게 한다. 어머니의 손맛이 담겨있는 콩국수는 그래서 말로는 설명하기 어려운 아스라한 그리움까지 배어있다.

내가 일하는 직장에서 멀지 않은 당진 면천에 전국에서도 알아주는 콩국수 집이 있다. 함께 밥을 먹는 동료들과 서둘러 콩국수집으로 향했다. 면천의 콩국수 집은 면천읍성과 향교사이에 있다. 한두 집이 아니고 아예 동네 전체의 가게마다 콩국수를 판다. 면천은 말 그대로 시내면(沔) 내천(川)이다. 예로부터 물이 좋아 두견주로도 유명하다. 근래에는 콩을 많이 재배하여 그 좋은 물로 여름 내내 콩국수를 만들어 파니 가게마다 문전성시를 이룬다.

삽교천 쪽에서 면천으로 가는 길은 넓고 평평하다. 예당평야 곡창 지대의 넓은 뜰이 시원하게 펼쳐있다. 면천읍성에 다다르니 이곳에 논밭만 있는 줄 알았는데 아미산 자락 아래 소나무 숲이 근사하다. 실학자인 연암 박지원선생이 면천군수로 부임하여 조성했다는 골정 지 연못을 넘어가니 콩국수집이 바로 보인다. 일찍 도착했는가 싶은 데 콩국수 집 앞은 벌써 사람들로 장사진이다. 이 조그만 동네에 어 디서 이렇게 사람들이 몰려오는지 알다가도 모를 일이다.

내가 단골로 가는 집에서는 번호표로 플라스틱 숟가락을 하나씩 나눠준다. 거기에 번호가 적혀있다. 땀을 닦으며 숟가락은 두드리고 있다 보니 우리 차례. 앉자마자 사람 수대로 콩국수가 나온다. 다 른 메뉴는 아예 없으니 따로 주문할 필요도 없는 것이다. 여기 면천 의 콩국수는 근방에서 농사지은 서리태를 갈아 만든 콩물이 예술 이다. 묽지 않고 되직하면서도 미묘하게 목에 넘어가는 맛이 집에서 맷돌로 갈아 만든 바로 그 맛이다.

이 집 콩국수에는 달걀이나 채 썬 오이 같은 다른 고명은 없다. 그저 콩물과 면이 전부다. 면은 직접 뽑은 중면이요 초록색이 스며 있다. 쑥 향이 은근하게 올라오는 면에 얼음 따위를 넣지 않았어도 차갑고 찰진 맛이 일품이요 더위를 식혀주기에 충분하다. 곁들여 먹 는 열무김치나 잘 익은 정구지 김치도 별미다. 김치를 곁들여 먹으니 따로 소금 간을 하지 않아도 된다. 종종 설탕을 달라고 하는 사람이 있는 데 아마 전라도에서 태어난 사람들일 게다. 나는 아직 설탕을 쳐보지는 않았으나 그것도 근사해 보인다. 다음에는 설탕을 한 숟가락 넣어봐야겠다. 어떤 미묘한 맛이 기다리고 있을지 궁금하다.

콩국수 한 그릇을 국물 한 방울 남기지 않고 다 비웠다. 줄을 서 기다란 보람이 있다. 누가 혹시 당진에서 먹을 만한 게 무엇이냐고 하면 면천읍성에서 시원한 콩국수를 먹어보라고 해야겠다. 면천이 멀다면 영랑사 가는 길 입구 삼거리로 가도 좋다. 그 집도 줄서기는 매한가진데 콩국수에 넣어 드시라고 고소한 콩가루까지 듬뿍 내준다.

내일도 오늘처럼 누가 "션한 콩국수나 한 그릇 해유"라고 말을 걸어온다면 두말없이 따라가리.

못난이 송편을 빚으며

추석이 다가온다. 부모님 생전에는 온 가족이 시골집으로 갔다. 이제는 아들, 며느리, 손자, 손녀가 모두 우리 집에서 모인다. 예전처럼 격식을 따져가며 차례상을 차리는 않지만, 꼭 한 가지만은 빼놓을 수 없다. 바로 송편 빚는 일이다.

송편을 생각하면 몽글몽글한 옛 추억이 아련하게 떠오른다. 어머니는 아침부터 햅쌀을 물에 가득 담갔다. 저녁 무렵이 되면 아버지는 뽀얗게 불은 쌀을 빨간 다라이에 담아 자전거 뒤에 싣고 방앗간으로 갔다. 뭣 하러 따라오냐고 했지만 그렇다고 방앗간까지 따라간 나를 나무라지는 않았다. 방앗간에서는 기름 짜는 고소한 냄새와 매운 고춧가루 냄새가 진동했다. 쿵쾅거리며 돌아가는 크고 작은 기계가 거친 숨을 토해내고 동네 사람들이 가득하다. 시끄러운 발동기 소리 때문에 동네 어른들이 뭐라고 하는지 들리지는 않지만, 잔칫날이 다가온 분위기인 것만큼은 틀림없다.

방앗간에는 집집마다 가져온 빨간 다라이며 보따리가 문밖까지 줄지어 있다. 한참 기다리면 드디어 우리 차례다. 솜처럼 부드럽고 뽀얀 쌀가루가 눈처럼 소복하게 쌓이는 모습이 마치 마법 같다. 방앗간 주인아주머니가 웃으면서 담아주는 쌀가루는 유난히 뽀송뽀송하고 따스했다. 돌아오는 길은 휘영청 달이 밝고 길가에는 코스모스가 긴 목을 빼고 우리 부자를 쳐다보고 있다. 어서 빨리 집으로 돌아가 송편을 빚어 맛볼 생각에 침이 꼴까닥 넘어가던 시간이었다.

요즘에는 추석 송편도 대부분 사다 먹는다. 떡집이나 마트에서 간편하게 구매하거나 택배로 주문하면 끝이다. 사 먹는 송편이 때깔도 좋고 맛도 있다지만 옛 정취까지 돈을 주고 살 수는 없다. 이번 추석에도 아내가 조심스럽게 말을 꺼낸다. 요 근처 떡집 송편이 모양도 예쁘고 맛도 좋다는 데 사다 먹으면 어떻겠냐는 것이다. 매년 송편을 만들어 봤지만 다 먹지도 못하고 당신만 고생한다는 것이다. 그래도 내 대답은 단호하다. 송편 빚는 핑계라도 있어야 온 식구가 옹기종기 모일 수 있지 않겠냐는 것이다. 다섯이나 되는 손자 손녀한테도 추억을 만들어 주고 싶다. 쌀가루만 사 오면 나머지는 내가 거들어 준다고 했다.

내 어린 시절에도 그랬다. 온 가족이 둘러앉아 밤새 송편을 만들다 보면 못난이도 나오고 터진 것도 나온다. 그럴 때마다 할머니는 송편을 예쁘게 빚어야 예쁜 딸을 낳는다고 놀리곤 했다. 호랑이가 나오는 할머니의 옛날이야기를 들으며 송편을 빚다 보면 가을밤이 깊어만 갔다. 쟁반 가득 쌓인 송편은 가마솥에 솔잎을 깔고 쪄낸다. 첫입을 베어 물을 때의 고소하면서도 찰진 그 시절 송편 맛은 지금도 잊을 수 없다. 어머니는 내가 만든 송편이 조그맣고 야무지다면서 따로 골라 차례상에 올린다고 하였다.

   손자 손녀와 며느리들이 아파트 거실에 신문지를 깔고 모여 앉았다. 쌀가루에 뜨거운 물을 부어가며 반죽을 치대니 매끄럽고 찰진 반죽이 된다. 텃밭에서 가져온 모싯잎과 블루베리로 색을 내고 늙은 호박을 삶아 환한 보름달 빛깔까지 만드니 그럴듯하다. 손자 손녀는 신기하다며 고사리 같은 손으로 송편을 빚느라 정신없다. 가만 보니 송편을 빚다 말고 눈사람도 만들고 강아지 인형도 만든다. 만두처럼 만드는 녀석도 있고 아예 삶아놓은 콩과 밤도 넣지 않고 손으로 반죽만 주물러 놓는 녀석도 있다. 하지만 잘났건 못났건 하나도 버릴 것 없이 내 눈에는 모두 예쁘고 사랑스럽다.

   아이들이 덤벼들어 만든 우리 집 추석 송편은 대부분 못난이다. 하지만 가만 들여다보면 그 속에는 아이들의 재잘거리는 이야기가 듬뿍 담겨있다. 내년 추석에도 우리 집의 송편 빚기는 계속될 것이다. 다음에는 못난이 송편에 어떤 이야기가 들어갈지 벌써 기대된다.

제3부

네가 많이
그리울 거야

인생 에피소드와 먼저 세상을 떠난 친구에 대한 이야기다.
결혼식장에서 돈 봉투가 바뀌어 실수 했지만 반전이 있었다는
이야기부터 벙커에 빠져 허우적거릴 때 얻은 교훈에 이르기까지
다양한 이야기가 담겨 있다. 이 세상 살면서 그리운 것은
친구뿐이 아니다. 추억도 그립고 사랑도 그립다. 그래도
밥 같이 먹을 친구 있음에 그리움도 삼킬 수 있다는 고백이다.

결혼식장 천만 원 소동

직장 동료 결혼식 축의금은 얼마가 좋을까. 의견이 분분하다. 아는 사이면 오만 원, 친한 사이면 십만 원이라는 공식이 깨진 것이다. 모든 물가가 가파르게 많이 올랐기 때문이다. 결혼식장 식대가 오만 원이 넘는 곳이 많고 호텔 예식장이라면 그 이상을 훌쩍 넘는다. 그래서 결혼식장에 참석하지 않으면 오만 원, 참석하면 십만 원이라는 공식을 적용해야 한다는 것이다. 결혼식을 하는 사람 수는 줄었지만 축의금 때문에 말만 많아진 게 요즘 현실이다.

요즘 결혼식을 가보면 무슨 화환 전시회 같은 느낌이고 축의금을 접수해도 마치 뷔페식당 입장권을 사거나 호텔 측에 식비를 납부하는 듯하여 씁쓸한 기분이다. 예전에 내가 결혼할 때는 직장의 축의금 문화가 지금과는 많이 달랐다. 부서별 단체로 돈을 걷어 한꺼번에 전달하는 것이 다반사였다. 남다른 친분이 있는 경우에는 따로 축하 선물을 마련했다. 사진을 넣을 액자나 앨범도 있었고 부부 커피잔이나 살림살이 용품에 꽃다발까지 있었다.

당시에는 결혼식도 도시에 있는 전문 예식장보다는 본인이 자라고 부모가 계시는 고향에서 치르는 경우가 많았다. 그러다 보니 결혼식은 동네잔치요 작은 동창회였다. 그때는 예식장에서 주로 갈비탕이나 국수를 대접했는데 시골집에서 따로 마련한 음식을 가져와 대접했다. 요즘처럼 축의금 때문에 눈치를 본다거나 골치 아프다는 말은 들어보지 못했다. 모든 것이 촌스러운 때였지만 오히려 정겹고 순수했던 시절이었다.

하지만 그때도 결혼식에 골치 아픈 일이 꼭 등장했다. 먼 시골까지 버스를 운전하여 온 기사분을 모시는 일이었다. 요즘 시대야 돈만 주고 계약하면 어디든 버스를 이용할 수 있지만 그때는 달랐다. 사십여 년 전 내 결혼식장에 온 버스는 휴일에 직장에서 특별히 내준 버스였다. 작은 우리 시골 동네에 대형 버스가 온 것도 아마 그때가 처음이었을 것이다. 당시 흔치 않던 버스 기사는 위세도 대단했고 전국 팔도를 다니게 되니 누구네 혼사가 어떻더라고 말도 많던 시절이었다. 당연히 적당한 사례를 해야 하는 것이 불문율이었다.

결혼식을 마치고 사무실마다 떡을 돌리며 감사 인사를 하는 데 유독 그 버스 기사분이 냉랭하다. 왜 그러냐고 물으니 자신을 무시해도 유분수라며 웬 낯익은 봉투 하나를 쓱 내민다. 무엇이 들어있나 열어보니 딱 만 천 원이다. 아무리 뒤집어보아도 신권으로 바꾸었던 만 원짜리 한 장과 천 원짜리 한 장이 전부다. 아뿔싸. 결혼식 당일 그분한테 준 사례금 봉투가 다른 봉투와 뒤바뀐 것이다.

아무리 사십 년 전이라도 만 원 남짓한 사례금이라니 그것은

098   네가 많이 그리울 거야

xy Quantum4

주지 않은 것만 못하다. 순간 내 얼굴이 빨개질 수밖에 없었다. 하지만 시침을 뚝 뗐다. '아이고, 천만 원이나 드렸네요, 봉투가 바뀐 줄은 꿈에도 몰랐습니다.' 그분은 천 원과 만 원짜리가 있으니 이 둘을 합쳐 천만 원이라는 나를 쳐다보더니 어이없다는 듯 호탕하게 웃어 주었다. 그때 천만 원이면 웬만한 집 한 채 값이었다. 그 뒤로 오해를 푼 우리는 나이를 떠나 둘도 없이 친한 사이가 되었다. 그분은 퇴직하고 나서도 한동안 연락해 왔고 그때마다 나는 '천만 원'을 안주 삼아 술잔을 기울이며 옛정을 나누었다.

그 이후로 나는 누군가에게 돈을 줄 때는 반드시 확인하는 버릇이 생겼다. 아무리 돈이 많든 적든 두 번 다시 내 결혼식장의 그 '천만 원' 소동을 겪지 말아야 했다. 이제 그분은 유명을 달리했고 나의 천만 원 소동도 벌써 옛이야기가 되었다.

이번 주말에는 아직 돈 구별을 하지 못하는 손자 손녀나 골려 주어야겠다. 이번에는 단위가 더 크다. 율곡 이이가 나오는 오천 원짜리와 세종대왕이 나오는 만 원짜리를 준비해야겠다. 그 녀석들은 아마 지 어미한테 할아버지가 오천만 원씩 주었다고 자랑할지도 모르겠다.

고추불급

몇 해 전 처음으로 텃밭 농사를 시작했을 때다. 호기심 반, 기대 반으로 온갖 모종을 심고 씨앗을 파종했다. 오이, 가지, 토마토는 물론 수박, 참외 모종을 심고 여주와 아스파라거스까지 심었다. 씨로 뿌리는 것으로는 각종 상추나 아욱이며 쑥갓은 물론 당근, 근대, 양배추, 케일, 브로콜리에 비트와 옥수수까지 심었다. 여기에 감자며 고구마도 심고 땅콩, 고추, 들깨와 마늘 농사까지 지었으니 백여 평 남짓한 우리 집 텃밭은 그야말로 만물상이요, 채소 백화점이었다.

평생 농사를 지어온 동네 어른은 우리 집 텃밭을 보더니 무슨 소꿉장난이냐며 고개를 갸웃거린다. 그 양반 보기에는 손바닥만 한 땅에 만물상을 차렸으니 어찌 감당하랴 싶었나 보다. 더구나 내가 제초제나 농약을 치지 않고 오만가지 농사를 다 짓겠다고 덤볐으니 무모해 보였을 것이다.

첫 해는 그래도 풀과 벌레들이 초보 농사꾼을 봐준 모양이다. 나도 하루가 멀도록 텃밭에 나가 살다시피 했다. 그 정성에 화답이라도 하듯 못나기는 했어도 온갖 채소며 작물이 그런대로 결실을 맺어 지인들과 나누어 먹는 기쁨을 경험했다. 가장 큰 면적을 차지한 고추 농사도 제법 성공적이었다. 마당에 놓은 평상 가득 붉은 고추를 말리면서 이게 바로 직접 키운 태양초라고 우쭐거렸다.

텃밭 농사를 지으며 터득한 게 하나 있다. 애당초 농사지은 것을 내다 팔 생각은 없어 돈으로 따져보지 않았지만 그나마 돈이 될 만한 것은 고추농사 뿐이라는 것이다. 고추농사를 잘 지으면 그해 김장 걱정은 하지 않아도 되고 퇴비며 농자재값도 충당할 수 있다.

하지만 한두 해가 지나면서 상황은 딴판으로 흘러갔다. 온 동네의 벌레와 곤충이 우리 텃밭으로 다 몰려드는 것이다. 이곳에 오면 무공해 청정 먹거리가 있다고 누가 광고라도 한 것 같다. 잡초도 마찬가지다. 제초제를 한 방울도 뿌리지 않으니 웬 놈의 풀이 그리 성한지 아무리 손으로 뽑아내도 뒤돌아서면 다시 풀밭이다.

고추농사도 마찬가지다. 첫해 고추 모종 이백여 포기를 심어 우리 집 김장을 하고도 고춧가루가 남았는데 작년에는 제대로 관리하지 못하고 병충해까지 번져 붉은 고추는 구경도 못한 채로 아예 고춧대를 모두 뽑아내고 말았다. 같은 자리에 계속 심은 연작 피해요, 욕심껏 잔뜩 심어만 놓고 관리를 제대로 하지 못한 탓이다.

고추농사만큼 손이 많이 가는 일도 없다. 모종을 심기 전부터 퇴비를 충분히 넣고 배수가 잘 되도록 이랑을 높게 잘 만들어야 한다. 고추 모종에 곁가지가 나기 시작하면 바로 곁순을 따주고 바닥에 끝없이 돋아나는 잡초를 일일이 뽑아주어야 한다. 바람에 쓰러지지 않게 지지대를 박아 세 번 네 번 묶어 주어야 하고 고추가 열리기 시작하면 덧거름을 주고 병충해를 잡아주어야 한다. 고추가 붉게 물들면 일일이 손으로 따서 말리는 일도 보통 일이 아니다. 하루 이틀만 시기를 놓치면 농사를 망치기 십상이고, 그 많은 일을 나 혼자 감당하기 어려운 일이다. 그렇다고 텃밭 농사에 인부를 사서 붙일 수도 없는 노릇이다. 결국 고추농사를 지어 텃밭 농자재값이라도 충당하려던 나의 욕심은 한여름 밤의 꿈처럼 물거품이 되고 말았다.

금년에는 고추농사 욕심에 결단을 내렸다. 고추 모종 심는 양을 예년보다 반 토막으로 줄인 것이다. 그 정도면 벌레들이 단체로 덤비지 않을 것이고 제때 풀도 뽑아줄 수 있을 것이다. 이제 채소며 다른 작물도 꼭 필요한 것만 조금씩 심는다. 텃밭에 채소 백화점을 차려봤자 다 먹지도 못하고 제대로 된 결실을 보기가 어렵다는 것을 터득한 것이다. 이제 초보 농사꾼 티는 벗었으니 한 가지라도 제대로 농사지어야 체면이 선다.

내가 좌우명처럼 즐겨 쓰는 말 중에 과유불급(過猶不及)이 있다. 지나치면 부족함만 못하다는 뜻이다. 내가 고추농사를 짓다 보니 나만의 좌우명이 또 하나 생겼다. '고추불급'이다. 고추농사에 욕심이 지나치면 안 된다는 나만의 넋두리다.

업둥이가 더 예뻐

인심 좋은 아주머니는 본인이 잘못이라도 한 듯 연신 미안해하며 수박과 참외 모종을 덤으로 얹어 준다. 고추 모를 사러 갔다 팔자에 없는 수박과 참외밭을 만들었다.

텃밭에 심을 고추 모종을 사러 근처 육묘장을 찾았다. 주인아주머니가 다른 사람들은 벌써 고추 모를 다 심었는데 왜 이제야 왔냐고 한다. 작년에 남들보다 서둘러 심었더니 냉해를 입어 고추는 구경도 못 하고 고춧대를 모두 뽑아냈다고 했다. 그래서 올해는 욕심내지 않고 느긋하게 조금만 심는다고 했다.

수박, 참외를 심을 곳은 애초부터 따로 없었다. 할 수 없이 옥수수를 심으려고 만든 고랑에 업둥이 두 녀석을 심기로 했다. 모종을 심고 나니 저녁부터 봄비가 흠뻑 내린다. 시작부터 좋은 징조다. 농사를 전업으로 하는 사람은 밭고랑에 안개처럼 자동으로 물이 나오는 호스까지 설치하지만 우리 밭에는 그런 시설이 있을 리 만무다. 햇빛도 물도 하늘이 주는 대로 맡겨야 한다.

주말이 되어 텃밭에 가보니 업둥이들에게 생기가 돈다. 뿌리를 잘 내리고 어디로 가지를 뻗을지 두리번거리는 모습이다. 물을 주면 좋아할 듯싶다. 한낮에 갑자기 차가운 지하수 물을 퍼부으면 어린 녀석이 놀란다니 미리 받아놓은 물을 조루에 가득 채워 흠뻑 주었다. 초보 텃밭 농사꾼이 처음 해보는 수박, 참외 농사는 어린아이 키우는 것처럼 조심스럽다.

여름이 다가서면서 풀과의 전쟁이 시작되었다. 텃밭에 제초제를 한 방울도 치지 않으니 온 동네 잡초들이 우리 집 텃밭에 모여 잔치라도 하는 듯하다. 가만히 들여다보면 밭에 나는 모든 풀이 다 잡초는 아니다. 내가 좋아하는 비름나물도 있고 아내가 좋아하는 까마중도 있다. 쇠뜨기도 한때는 몸에 좋다고 해서 귀한 대접을 받던 풀이다. 다만 필요한 자리, 제자리에 있지 않으니 모두 잡초요 뽑아야 할 대상이다. 주말마다 밭에 나가 잡초를 뽑았지만 사람 손으로는 감당할 수는 없다. 결국 풀 뽑기를 포기하면서 잡초도 적당하게 있어야 밭이 더 건강한 법이라며 스스로 위로하고 말았다.

유튜브를 보니 수박과 참외를 제대로 키우려면 순을 질러 주어야 하고 꽃도 솎아내서 한 줄기에 한둘씩만 달리도록 해야 한단다. 가위를 들고 수박, 참외 밭에 가려다 멈추었다. 풀까지 내버려 두는 판에 잡초들을 헤치고 씩씩하게 줄기를 뻗은 수박, 참외 줄기에 가위질할 엄두가 나지 않은 것이다. 더구나 내가 수박, 참외를 내다 팔 것도 아니라고 생각하니 생기는 대로 놔두는 것이 낫다고 생각했다. 그러는 사이에 아이들 주먹만 한 수박과 알밤 같은 참외가 이곳저곳에서 지천으로 매달리기 시작한다.

한여름으로 접어든 지난 주말에 우리 집 텃밭으로 아내의 친정 식구들이 모두 모였다. 장모님 추도식이다. 조만간에 결혼식을 올릴 처조카 둘이 각자의 예비 신랑과 신부까지 대동하고 참석했다. 당신이 업어 키운 아이가 벌써 커서 결혼한다니 장모님도 하늘나라에서 흐뭇해하실 듯하다. 때맞추어 텃밭에서 수박과 참외가 제법 잘 익었다. 농약 한 방울 치지 않았는데 풀과 경쟁하면서 잘 자라주었으니 대견스럽고 고맙다. 장모님이 하늘나라에서 비를 잘 뿌려주고 햇볕도 듬뿍 주신 모양이다. 크기는 작아도 야무지게 영근 모습이 탐스럽다.

첫 수확한 못난이 수박과 참외에서는 싱그러운 풀냄새가 난다. 풀밭에서 컸으니 그럴만하다. 또한 수박과 참외를 뒤섞어 심었으니 수박에서는 참외 맛이 나고 참외에서는 수박 맛이 나는 듯하다. 내가 키운 첫 수박과 참외는 모양도 시원찮고 마트에서 사 온 것보다 단맛도 덜하다. 그래도 자연 그대로의 싱싱한 맛이 아주 매력적이라며 먹을만하단다. 먹고 남은 수박과 참외는 화채로 만들고 수박 주스까지 만들어 마시며 잔치를 벌였다.

내년에는 수박 따로, 참외 따로 제대로 농사지어 업둥이 취급을 하지 말아야겠다. 올해처럼 잘 자라준다면 장모님 선물이라며 텃밭에 오는 사람에게 수박과 참외를 한 덩어리씩 안겨주어도 좋을 것이다. 이것이 바로 텃밭 농사의 진정한 행복이 아닐까 싶다.

선물처럼 불린 이름

유난히 더웠던 여름, 나와 함께 땀 흘린 양복의 어깨가 축 처져 있다. 철 지난 옷가지를 정리하여 사무실 인근 세탁소에 들렀다. 나이 든 부부가 하는 동네 세탁소다. 다름질하느라 정신없던 주인아저씨가 반가워하며 문 앞 계산대에 놓여있는 공책에 손님 이름과 옷이 몇 벌인지 적으라고 한다.

지난번에는 안주인한테 내 이름을 불러주다 서로 발음을 알아듣지 못해 결국 아들 이름을 댄 적이 있다. 내 이름을 정확하게 발음하는 것은 참 까다로운 일이다. 알아듣기 쉽게 회사 할 때 '회'자와 인간 할 때 '인'자라고 설명해도 영 헷갈려 한다. 그래 이번에는 처음부터 세탁물 장부에 내 이름 대신 아들 이름을 떡하니 적어 넣었다. 아들 이름은 발음이 꼬일 리도 없고 읽기도 쉽다.

자동차 시동이 걸려있는 터라 급히 문을 열고 나오려는데 주인아저씨가 황급히 손사래를 친다. 입에서는 스팀다리미에서 새어 나오는 김 소리가 난다. 무슨 일인가 싶어 뒤돌아보니 주인아저씨 표정이 단호하고 결연해 보인다. 그 양반은 내가 공책에 갈겨쓴 아들 이름에 화살표를 긋더니 정확하게 내 이름을 다시 적어 넣고 있다. 아니

내가 무슨 유명 인사도 아니고 일 년에 한두 번 가는 남의 동네 세탁소에서 주인 양반이 내 이름을 정확하게 기억하고 있다니 신기하면서도 뜻밖의 선물이라도 받은 느낌이다.

내 이름을 기억해 준 사건은 또 있다. 주말마다 텃밭에 갈 때 가끔 들르는 시골 농협 마트에서다. 계산대의 한 젊은 직원이 내 이름을 기억하여 포인트를 척척 적립해 준다. 다른 사람들한테는 핸드폰 뒷자리 숫자와 이름을 꼬박꼬박 물어보는 데 나한테는 예외다. 내 얼굴을 쓱 쳐다보면 답이 척척 나오는 모양이다. 내가 그 동네 사람도 아니고 어디다 정을 흘린 적도 없는데 뜻밖의 사건이 벌어진 것이다. 그럴 때마다 과일 봉지에서 귤이라도 한 개 꺼내 주고 싶다. 그 후부터는 그 직원만 보이면 줄이 길더라도 꼭 그쪽 계산대로 가게 된다. 간혹 그 직원이 보이지 않으면 궁금해진다. 그렇다고 그 직원이 오늘은 어디로 갔냐고 물어본 적은 없지만 이유 없이 고맙고 감사한 마음은 차곡차곡 쌓여간다.

늦은 저녁을 먹는 데 친구한테 전화가 왔다. 다짜고짜 지난 주말 결혼식장에서 만난 그 선배 이름과 전화번호가 뭐냐고 한다. 그날 만난 사람이 한둘이 아닌데 누구를 찾느냐고 했더니 인상이 어떻다고 자세히 설명한다. 나와 한 테이블에서 식사를 했다면서 나와 제일 친한 선배가 아니냐는 것이다. 순간 친구가 찾는 사람 모습이 선명하게 떠오른다. 그런데 웬걸 막상 이름을 대라니 나 역시 갑자기 아무 생각이 나지 않는다. 치매에 걸린 것도 아닌데 머리를 쥐어짜도 기억이 응답하지 않는다. 결국 핸드폰에 가나다순으로 정렬된 수많은 이름을 처음부터 쭉 훑어보아야 했다.

내가 평생 인생의 멘토로 존경하는 분이 있다. 평생 교직에 계시다 팔십이 다 된 지금까지도 변함없이 존경받으며 현역으로 왕성하게 활동하고 계신 분이다. 늘 그 비결이 궁금하였는데 가만 보니 그것은 바로 상대방의 이름을 오래도록 기억해주는 일이었다. 그분이 학생을 가르치던 젊었을 때 에피소드를 들어보면 두 번째 시간쯤이면 아예 전체 학생 이름을 다 외워 얼굴만 보고 출석을 불렀단다. 지금도 만날 때마다 한두 번 만난 내 아내의 이름은 물론 그분의 제자였던 내 여동생과 여동생 자식들 이름까지 정확하게 부르면서 안부를 묻는다. 그러니 내 어찌 감탄하고 존경하지 않을 수 있을까.

그에 비해 나는 참으로 남의 이름을 기억하는 데 영 젬병이다. 남의 이름을 기억하는 소질도 없지만 노력도 하지 않고 살아온 탓이다. 한참 만에 만난 친구의 이름을 까먹는 통에 말끝을 흐리며 그냥 얼버무린 적이 한두 번이 아니다. 그렇다고 오랜 친구 사이에 정색하고 네 이름이 뭐였냐고 다시 물어볼 수는 없는 노릇이다. 이제부터라도 사람의 이름을 기억하고 부르는데 시간을 투자해야겠다. 상대방의 이름을 기억하는 것은 성공적인 인간관계의 기본이다. 남의 이름을 오래도록 기억하고 불러주는 것이야말로 돈으로도 살 수 없는 귀중한 자산이다. 뜻하지 않은 사람이 내 이름을 기억하고 불러주었을 때 느꼈던 멋진 순간은 오래도록 나를 행복하게 한다.

칼날처럼 뚝 떨어진 기온이 차갑다. 이 서럽도록 차가운 세상에 나의 이름을 선물처럼 불러준 사람이 슬며시 떠오르는 밤이다. 누군가 내 이름을 불러주었듯이 나 역시 누군가의 이름을 또렷하게 기억하고 불러야 하리. 이것이야말로 내가 살아가는 세상이 아름다운 증거요 축복이다.

빨리빨리와 만만디

십여 년 만에 동료들과 중국 대학을 방문했다. 코로나 사태로 막혔던 교류 방문의 문이 열린 것이다. 자매대학의 캠퍼스에 도착하자마자 잘 차려진 환영오찬이 우리를 기다렸다. 뜨거운 콩물로 몸을 적시자마자 오십 도가 넘는 마오타이주를 연신 권한다. 우리를 초청한 이사장과 여장부 총장이 직접 돌아다니며 술잔을 부딪치니 마시지 않을 도리가 없다. 중국 술 바이주(白酒)의 향기는 예나 지금이나 변함없는 데 십여 년 사이에 중국의 대학은 변해도 놀라울 정도로 많이 변했다.

중국 대학의 최첨단 시설과 세련된 태도가 우리를 압도했다. 눈을 감으니 중국 대학 측과 교류하던 초창기의 모습이 아른거린다. 캠퍼스에 무서울 정도로 가득했던 낡은 자전거 무리와 꾀죄죄하던 학생들 모습은 어디에도 없다. 당시에는 대학 건물의 화장실마저 칸막이도 없는 그야말로 '똥수깐'이라 황당했는데 변해도 참 많이 변했다. 캠퍼스는 이제 전기차나 전기 바이크가 넘쳐나고 젊은이들의 모습에도 자신감이 넘쳐난다.

중국도 인구가 감소하여 걱정이란다. 하지만 아직은 워낙 인구가 많다 보니 대학 캠퍼스에 수많은 젊은이가 넘쳐나 부러움을 주고 있다. 우리나라에서는 학령인구 감소 문제가 걱정을 넘어 아예 대학 존립을 위협하는 문제가 된 지 오래다. 당장 대학 입학 대상자가 하늘에서 뚝 떨어지는 것이 아니니 외국인 유학생을 유치하여 정주시키는 것이 절실하다. 내가 몸담은 대학도 이십여 년 전부터 중국 대학과 합작으로 여러 프로그램을 운영하고 한 명의 학생이라도 더 유치하려고 공을 들여왔다.

중국 사람들의 만만디(慢慢的) 성격은 여전하다. 유학생 유치를 위한 논의가 진행될수록 속내를 보이지 않고 느긋하기만 하다. 시간은 자기들 편이라고 알고 있는 듯. 다음 일정 때문에 빨리 점심을 먹고 이동해야 하는 데 우리를 놓아주지 않는다. 그것이 그들의 예의요 문화다. 그래서 중국 사람과 뭔가를 도모할 때는 아예 눈을 지그시 감고 여유를 부리는 게 더 낫다.

중국의 대학생들이 본 한국과 한국 사람이 궁금했다. 우리 대학으로 공부하러 왔던 중국 대학생한테 한국에서 살아보니 어땠냐고 물었다. 역시 그 첫 번째 대답은 한국 사람은 뭐가 그리 바쁘냐는 것이다. 전화 통화도 바쁘고, 밥을 먹을 때도 바쁘고, 차를 마실 때도 바쁘고, 화장실에서도 바쁘고, 헤어질 때 인사까지 '빨리 가라는 것이란다. 그것 말고 다른 것은 뭐가 있냐고 했다. 화장실이 깨끗하고 휴지까지 공짜로 주니 좋다고 하면서 식당에 가보면 돈 많은 사장님이던 작업복 차림의 말단 근로자던 한 자리에서 같은 메뉴로 식사

하는 모습이 인상적이었다고 한다. 그래도 그들 눈에는 빨리빨리가 가장 인상적이었단다.

내가 만난 대부분의 중국 대학생들은 뭔가 느려 터진 것 같고 시간을 잘 안 지키는 것 같지만 가만히 들여다보면 우리 한국 학생들보다 훨씬 더 실리적이요 자본주의적이다. 한국 사람이 운영하는 꼬치 요릿집 촨촨(串串)에서 아르바이트하던 중국 학생이 있었다. 일 년 넘게 말도 없이 일하더니 슬며시 가게를 인수하였다. 이후 다른 중국 학생을 아르바이트생으로 고용하여 장사를 한 뒤 중국으로 돌아갈 때는 웃돈을 붙여 가게를 되팔았다. 한국 학생이 외국 유학 중에 이렇게 느긋하게 일을 도모하고 돈까지 벌고 오는 경우가 얼마나 되려나.

중국 사람들 표현에 검은 고양이든 흰 고양이든 쥐만 잘 잡으면 된다는 말이 있다. 쥐를 잡는 데 한국 사람처럼 '빨리빨리'가 좋을지 중국 사람처럼 '만만디'가 좋을지는 나도 아직 잘 모르겠다. 다만 우리는 너무 서두르고 너무 허둥댄다. 매사에 너무 서두르다 코앞에서 쥐가 도망가지는 않을지 걱정이다. 일을 도모할 때는 만만디로 하고, 실행할 때는 빨리빨리로 하면 어떨지 싶다. 둘을 섞어야 검은 고양이든 흰 고양이든 잡지 않을까.

독자가 터준 작가의 길

내가 수필집을 내자마자 대학 도서관에서 북 콘서트를 열자고 한다. 그것도 두 번씩이나 한단다. 당진 캠퍼스는 물론 영암 캠퍼스에서도 일정을 잡았다. 늘그막에 작가로 등단하고 책은 냈으나 살아온 인생길도 변변찮고 글솜씨도 보잘 데 없다고 생각하는데 북 콘서트라니 대답하기 어렵다. 달빛도 고민하는 밤이 여러 날 지났다. 그래, 인생길에 정답은 없다. 내 생애 처음으로 북 콘서트라는 걸 해보자 했다.

많은 사람들 앞에서 처음 하는 문학 이야기를 어떻게 풀어낼지 막막하다. 밤잠을 설쳐 얼떨떨한데 약속 시간은 여지없이 코앞으로 다가왔다. 이 바쁜 세상에 종이책을 읽는 사람이 누가 있으며 2학기 개강 후 교직원이고 학생들이 눈코 뜰 새 없을 텐데 과연 몇 사람이나 오랴. 하지만 멀리서부터 문학을 하는 작가들도 많이 와 주고 교직원과 학생들로 객석은 이미 만 원이다.

긴장은 청중보다 내가 더 했다. 다행히 사회를 맡은 동료 교수가 청중의 마음을 휘어잡아 내게 안겨준다. 덕분에 모든 순서가 술술 풀리고 박수갈채까지 터진다. 나 혼자 진행했으면 아마 먼 산만 쳐다보거나 나누어 준 책만 뒤적거렸을 것이다. 축사를 한 분은 나와의 인연을 강조하면서 수필집이 편안하면서도 가슴 뭉클한 매력이 있다고 한다. 자손들에게 들려주는 선물같은 이야기가 있으며 쉬운 문장과 재치 있는 글로 장편 드라마를 단편 수필로 압축해 놓았다는 덕담을 한다. 멀리 일산에서 온 교수 한 분이 내 수필 중에서 '뜨거워서 좋을 것'을 골라 청아한 목소리로 낭독한다. 다른 사람의 목소리로 듣는 내 글은 왠지 낯설고 완전히 새롭다. 그분은 뜨거워서 좋을 것은 사랑밖에 없다는 결미에 힘을 준다.

저자와의 대화 시간이다. 사실 나는 색소폰으로 수필집에 등장하는 음악이나 두어 곡 연주하고 끝내려 했으나 사회자가 나를 가만두지 않는다. 수필집 제목을 어떻게 해서 이리 지었느냐는 질문부터 한꺼번에 두 권씩이나 책을 낸 것이 놀랍다며 수필을 어떻게 해서 쓰기 시작했냐는 질문이 이어졌다. 얼떨결에 뭐라고 대답했는지 기억나지는 않는다. 아마도 등산을 좋아하다 보니 떨어진 운동화만 몇 켤레 남았는데 내 인생 이야기도 글로 써놓으면 떨어진 운동화처럼 오래 남을 듯싶어서 글을 쓴다고 대답한 듯싶다. 영암캠퍼스에서 사회를 맡은 분은 내가 아내를 안개꽃 당신이라고 했는데 그 멋진 표현에 담긴 뜻이 뭐냐고 했다. 접시꽃 당신이라는 시도 있지만 아내는 늘 주연이 아니라 조연처럼 말없이 내 삶을 빛내 주어 그랬다고 고백했다.

나이 지긋한 관객 한 분은 내 수필을 읽다 보니 본인 이야기를 하는 것 같아서 웃음도 나고 때로는 눈물을 쏙 뺐다고 한다. 마무리쯤에 객석에서 젊은 분이 손을 번쩍 든다. '정해인' 작가님은 앞으로 계획이 뭐냐는 것이다. 내 이름이 해인이라니. 하기야 해인이면 어떻고 회인이면 어떠리. 서정 시인으로 유명한 이해인 수녀님과 요즘 한참 뜨는 젊은 아이돌 배우를 내 이미지와 오버랩해서 기억한다니 감사할 뿐이다. 젊은이의 질문에 남은 인생 계획을 풀어나갔다. 나 자신도 남은 내 인생을 어찌 해보겠다는 결심을 아직까지도 해본 적이 없는데 독자의 질문 덕분에 작가로서 가야 할 길이 트인다.

마지막 순서는 공연이다. 그런데 어제까지도 멀쩡하던 색소폰이 말썽이다. 한 옥타브 아래 저음이 아주 먹통이다. 프랑스 파리에 갔을 때 혼자 택시를 타고 찾아가 어렵게 구해온 악기가 이 중요한 순간에 배신이라니. 이런 경우는 처음이다. 겨우 음정을 달래며 연주하다 보니 식은땀이 절로 난다. 색소폰을 좀 불어봤다고 나대지 말라는 경고다. 그래도 관객들은 아낌없는 박수를 보내고 동영상까지 찍어댄다.

글도 그렇다. 너무 나대다 보면 글이 거만하고 읽기 거북하다. 또한 글을 쓰다 보면 당초의 의도와 달리 글이 새로운 길을 연다. 작가로서 내 인생길도 마찬가지다. 내가 아니라 독자가 내가 가야 할 인생길을 터주고 있음이다.

네가 많이 그리울 거야

전화 한 통 없던 친구 이름이 내 핸드폰 화면에서 부르르 떨고 있다. 이 시간에 무슨 일일까 싶어 얼른 받아보니 다짜고짜 친구 부인 목소리가 쏟아져 나온다. 충청도 토박이가 낯선 경상도 말씨를 알아먹기도 어려운데 울음소리까지 뒤범벅이다. 뭔가 바삐 설명하는데 결론은 친구가 몹시 위독하다며 나를 찾는단다. 그때 직감했다. 우리한테 남은 시간이 별로 없다는 것을.

웬일인가 싶어 친구 셋이 급히 병원으로 가보자고 했다. 보호자 패를 목에 걸고 한 사람씩만 들어갈 수 있단다. 평생을 같이 직장을 다녔고 정년까지 함께 했다고 소주잔을 부딪치며 자축하던 때가 어제 같은데 이게 무슨 날벼락이냐고 탄식하는 사이 내 차례가 왔다. 병실을 잘못 찾았는가 싶어 두리번거리는데 내 이름을 부르는 마른 목소리가 힘겹게 들린다. 커튼 사이로 백 살은 되어 보이는 친구가 휑한 눈동자를 뜨고 나를 올려 보고 있다.

본능적으로 손부터 잡았다. 싸늘하다. 이 더운 날씨에 사람의 손이 이리 차갑다니 믿어지지 않는다. 전염되거나 오염될지 모르니 조심하라는 친구의 목소리가 무겁게 들려온다. 암세포가 무슨 전염성이 있냐고 반문할 사이도 없이 내 입에서 불쑥 나온 말은 따로 있다. "야, 지랄 말고 평소 너처럼 해" 목소리와는 달리 명치끝에서부터 솟구치는 울음을 거꾸로 삼켜야 했다.

몇몇 친했던 친구들의 의견은 갈렸다. 언제 이 세상을 하직할지 모르니 하루라도 빨리 다시 찾아가야 한다는 친구도 있고, 저리 힘들어하는데 항암치료가 끝날 때까지 기다려야 한다는 친구도 있다. 아무리 사람 목숨이 덧없다고 하지만 '설마 한두 달 만에 무슨 일이 날까'하는 생각은 큰 착각이었다. 요즘같이 좋은 세상에 이것은 너무 불공평하고 억울하다고 몇 번이나 되뇌었지만 그것은 나만의 헛된 믿음이었다.

병실에 다녀온 지 일주일 만에 친구가 세상을 떠났다는 문자 메시지가 내 핸드폰에 떴다. 도저히 믿기지 않아 다시 확인해 보니 운명을 한 것이 맞단다. 순간 이럴 수가 있냐는 탄식이 저절로 나온다. 심상찮은 내 표정을 살피던 아내가 설마 그 친구 소식이냐며 놀란다. 퇴직 후에도 모임을 같이하고 얼마 전에는 우리 가족과 함께 남쪽 끝 목포 바닷가로 여행까지 함께 했다. 서둘러 가봐야 하지 않냐는 아내의 핀잔에 뭐가 그리 반가운 소식이라고 맨발로 달려가냐고 쏘아붙이고 말았다. 명색이 평생 친구인데 어디가 어떻게 아프다고 평소에 한마디 귀띔도 없더니 뭐가 그리 급하다고 저 혼자 훌쩍 가버리다니. 이것은 분명히 배신이다.

빈소에서 밤늦도록 고향 친구들과 술잔을 비웠다. 젊을 때부터 호탕하게 술잔을 기울이던 고인의 목소리가 들려오는 듯하다. 여전히 서글서글하게 웃고 있는 잘생긴 영정사진 속 눈매가 오히려 더 서럽다. 고인과 건배라도 하듯 허공에 잔을 자꾸 들어 올렸다. 평소 같으면 술 한 잔만 먹으려고 해도 타박을 하던 아내도 오늘따라 아무 말이 없다. 고인은 아내와도 오랫동안 한 직장에서 근무까지 했으니 참으로 깊은 인연이다.

　망자에 대한 평가는 사람마다 달랐다. 호탕하고 사내다웠다는 사람도 있고 내성적이고 소심했다는 사람도 있다. 같은 사람을 놓고 저리도 달리 생각하다니 사람은 죽고 나서야 미처 보이지 않던 모습을 보여주는가 싶다. 죽은 친구는 나와 한 고향에서 학창 시절을 같이 보내고, 이십 대에 직장 생활도 같이 시작했다. 친구의 결혼식 사회도 내가 맡았고 직장에서 한솥밥을 평생 먹었다. 효성도 깊어 나이 드신 어머니를 모시고 살았는데 이사 날짜가 어긋나 온 식구가 우리 집에 와서 같이 잔 적도 있다. 그러구러 인생살이 대소사를 서로 터놓고 의지하면서 그 친구와는 마치 형제처럼 지낸 것이다.

　내가 고인과 가장 가까운 친구라고 생각했는데 저 지경이 되도록 나를 빼놓고 평생 누구와 그렇게 술을 퍼먹었는지 배신감을 느낀다고 했더니 한 친구가 속에 있는 말을 털어놓는다. 태어난 마을 동네 모임에서 고인은 술만 한잔 걸치면 내 얘기를 하고 또 하더라는 것이다. 세상에서 가장 신세를 많이 진 사람이 나였는데 다 갚지 못하고 떠날 것 같다며 울먹였단다. 생전 처음 들어보는 말이다. 그것도 모르고 살아생전 내 문자에 답장도 없고 전화도 받지 않는다고 욕만 해댔으니 이를 어쩔 거나. 암세포가 너무 깊이 퍼져 손쓸 수 없다는 데 누구한테도 폐를 끼치기 싫었을 터이다. 장례식장 창 너머로 한여름 밤은 속절없이 검게 타들어 간다.

밤새 마신 술에 떡이 되어 발인 시간이 다 되어서야 겨우 일어났다. 아침밥도 거른 채 부랴부랴 빈소로 달려가니 벌써 발인식이 진행되고 있다. 아직 결혼도 하지 않은 세 자녀와 몸을 가누지 못하는 친구 부인이 영정사진을 앞세우고 걸어 나오고 있다. 참석한 사람은 단출하다. 고인은 임종을 앞두고 천주교 세례를 받았다고 한다. 발인 미사가 진행되고 운구 차례다. 이대로 친구를 떠나보내는 것은 안될 일이다. 집례하는 분한테 내가 고별인사라도 한마디 해야겠다고 청했다. 지난밤에 친구들이 넋두리처럼 적어놓은 고별인사를 그냥 내 호주머니에 처박아 놓을 수는 없다.

'50년 동안 변함없는 친구요 든든한 동료가 되어주어 고맙다'
'미안하다, 소주 한 잔 나눌 수 있을 때 같이 있어야 했는데'
'고맙다. 친구가 되어주어서. 영원히 잊지 않을게'
'○○아, 너무 일찍 갔구나. 말이 없던 친구, 그동안 모임도 하고 만남도 했는데 아프단 말도 왜 안 했니? 그래, 아픔이 없는 곳 근심 걱정 없는 곳에서 편히 쉬어라. 고생 많았다, 친구야'
'친구야 그곳에서는 하고 싶은 거 다 하고, 아프지 말고 편안하게

지내길 기도할게'

　'백두산석 마도진이요 두만강수 음마무(白頭山石 磨刀盡, 豆滿江水
飮馬無)라며 호탕하게 웃던 친구야, 뭐가 그리 급하다고 이렇게 훌쩍
떠났는가. 이제 임종 전 하나님을 영접했으니 평안하게 영면하시게.
우리 머지않아 하늘나라에서 다시 만나세'

　먼저 간 친구는 누가 뭐래도 평생 호연지기가 넘치던 우리들의 남
이장군이었다. 호탕한 기개가 그랬고 거칠 것 없이 살고자 했던 풍
운아 같은 면모가 그랬다. 다만 이 어지러운 세상에 그 누구도 그
높은 기상을 알아주지 못했으니 안타까울 뿐이다. 살아생전 마지막
모습이 다시 떠오른다. 앙상하게 뼈만 남은 친구 얼굴을 보며 하고
싶은 말이 있냐 거나 고맙다는 말 대신 고작 또 오겠다고 툭 던진
말 한마디가 전부였다. 이렇게 빨리 갈 줄 알았으면 잡은 손을 놓지
말고 실컷 얘기나 해볼 걸 그랬다. 친구들의 짧은 편지는 관에 슬며
시 밀어 넣었다.

　친구야, 나한테 신세를 못 갚고 떠난다고 입버릇처럼 얘기했다는
데 거기 누워 있지 말고 벌떡 일어나 술이나 한잔 사시게. 그곳에는
먼저 갔으니 우리 다시 만나면 자네가 형님 하게나. 나 사는 동안 네
가 많이 그리울 거야.

밥 같이 먹을 친구 있음에

결승점이 바로 코앞인데 길바닥에 주저앉은 느낌이다. 무기력이 한여름의 열기와 지긋지긋한 습기 사이로 엄습한다. 둘도 없던 친구 의 장례식장에 다녀온 뒤 몸살로 드러누운 후유증까지 나를 괴롭힌 다. 그러다 문득 새로운 결심이 생겼다. 하루 종일 등에 지고 있던 아 파트 벽을 밀쳐내고 친구 몇과 밥이나 먹자고 청해보는 것이다. 그 녀석들이라면 이 권태의 늪에서 나를 구출해 줄 것이다.

약속 날짜에 일기예보를 보니 억수로 비가 온단다. 한반도 상공을 두 겹의 더위가 이불처럼 뒤덮고 있단다. 그 이불이 무거워서 폭우로 나라를 뒤덮을 테니 조심하라는 거다. 재난 문자도 연신 들어온다. 한 친구가 비가 퍼붓고 물난리가 날 텐데 번개팅이 유효하냐고 묻는 다. 다른 친구한테 전화를 걸었다. 요즘 뭐 하냐고 묻자, 작년부터 하 던 일을 계속하고 있단다. 그게 뭐냐고 물으니 혼자 노는 거란다. 그 유쾌한 웃음소리에 모처럼의 번개팅 날짜를 변경할 이유는 없다.

온다는 비는커녕 구름 한 조각 없다. 햇살이 이리도 따가운 적은 처음이다. 집에만 갇혀 있다가 밖으로 나오니 칼로 베는 듯한 햇살 에 등짝이 따갑다. 구도심 복판에 숨어있는 노포에는 웬 사람들이 그리 많은지 모르겠다. 나이 지긋한 손님들이 한꺼번에 복달임하러 모인 모양이다. 시끌시끌하다. 밥이 입으로 들어가는지 코로 들어가는지 모르겠다. 다행히 친구들은 소박한 능이버섯백숙의 깜깜한 국물이 엄청 시원하다며 양껏 들이킨다. 저리 먹는 데 진심인 걸 보니 속에 있는 말은 결국 카페로 자리를 옮겨 털어놓을 것이다.

은퇴한 뒤 편하게 지내고 있는 친구들의 관심사는 가장 먼저 건강이다. 어디 조금이라도 아픈 데가 있으면 동네방네 광고를 해야 한단다. 먼저 떠난 그 친구처럼 혼자 속앓이를 하다가는 마음까지 병든다고 입을 모은다. 다행히 오늘 만난 친구들은 얼굴에 주름이 겹으로 늘어났어도 아직은 모두 쌩쌩해 보인다. 내가 요즘 몸무게도 줄고 근육도 한 주먹씩 빠져나가는 것 같다니 우리 나이에 자연스러운 과정이라고 위로한다. 잘 먹고 운동을 해야 한단다. 사람은 결국 죽을 때 모두 굶어서 죽는다고 한다. 부모님도 마지막에는 물 한 모금도 넘기지 못하더니 돌아가셨다. 엊그제 운명한 친구도 마찬가지다. 오늘처럼 우리가 이렇게 잘 먹는 것이 얼마나 감사한 일이냐고 모두 입을 모은다. 종종 만나서 밥도 먹고 산티아고 순례길이 아니더라도 근방의 둘레길이라도 걷자는데 모두 고개를 끄덕인다.

두 번째 화제는 역시 돈타령이다. 재물이 행복을 보장하지는 않지만 돈이 있어야 행복에 더 가까이 갈 수 있단다. 맞는 말이다. 하지만 돈이 많을수록 좋겠지만 그것은 양날의 칼과 같다고 입을 모은다. 이롭게 쓸 수도 있지만 자신을 벨 수도 있다는 것이다. 자식들한테 전 재산을 물려주고 늘그막에 구박받는 사람들 이야기며 부모 유산 때문에 가족 간에 파탄이 난 집 이야기까지 나온다. 남은 인생에 가진 돈이 있으면 자기 자신을 위해서도 마음껏 쓰고 죽어야 한다는 친구의 말에 커피잔을 들어 건배까지 하고 말았다. 나야 칼에 베일 정도의 돈은 없지만 노포에 친구를 불러 밥이라도 한 끼 먹을 수 있으니 참으로 감사한 일이다.

대화가 깊어져 주제가 권태로 이어진다. 은퇴 이후의 상실감과 무기력을 어떻게 떨쳐버리냐는 것이다. 그동안 여러 사람 틈에서 열심히 살았으니, 이제부터는 혼자 노는 연습을 해야 한단다. 맞는 말이다. 내가 봐도 열심히 산 사람일수록 은퇴 후 상실감이 더 큰 듯싶다.

돌아오는 길에 예기치 않게 마른하늘에 소낙비가 퍼붓는다. 한 치 앞도 보지 못하는 것이 인생이다. 이러한 인생살이에 정답은 없다. 다만 오늘처럼 밥 같이 먹을 친구가 있다면 그것으로 됐지 싶다.

머리 올리는 날

일요일 저녁에 함께 출근하는 동료가 내 차에 타자마자 파김치처럼 뻗어있다. 그 역시 나처럼 퇴직하고 재취업하여 주말부부로 지내고 있다. 우리나라 100대 명산을 두루 등산했다는 말을 들었는데 아직도 숨겨놓은 명산이 남았냐고 했더니 부인 머리를 올려주느라 힘들었단다.

내가 골프장에 첫 라운딩 갔을 때가 떠오른다. 머리를 올리는 날이라고 했다. 상투를 트는 것처럼 머리를 올려야 어른 대접을 받는다는 데서 그런 표현이 나온 듯싶다. 전날부터 아예 잠을 설쳤고 첫 티샷을 하던 때의 떨림은 이루 말할 수 없을 정도였다. 그것은 내가 결혼식장에서 신랑 입장을 할 때보다 더한 떨림이었다.

지금이야 골프가 많은 사람이 즐기는 국민 스포츠가 되었지만, 그 당시에는 골프장이 많지 않던 시절이었고 골프는 별난 사람들만 치는 줄 알았다. 운동을 좋아하던 나 역시 처음부터 골프를 친 것은 아니다. 삼사십 대를 보내는 동안 나는 등산과 테니스에 빠져있었다. 특히 직장에서 테니스팀에 들어간 이후로 시간만 나면 새벽이고 주말이고 아예 테니스장에서 살다시피 했다. 그러던 어느 해 여름에

복식 게임을 하다 그만 사건이 터지고 말았다. 네트 앞에서 내가 힘껏 휘두른 공이 총알같이 나가 맨땅에 맞고 튀어 상대방 낭심을 맞춘 것이다. 반바지를 입은 상대방은 그 자리에서 기절했고 구급차까지 출동해야 했다. 한쪽 불알이 커다란 자주색 감자처럼 부풀어 올랐어도 불행 중 다행이라고 터지지는 않았다.

골프는 네 명이 한 팀이 되어 치지만 다른 사람의 공을 칠 일도 없고 심판도 없다고 했다. 그 사건 이후로 테니스 대신 골프에 입문해서도 줄곧 그때의 사건에 대한 트라우마가 있었나 보다. 골프공을 치려고 노려보면 그날 부풀어 오른 자주색 감자가 되어 터져버리지 않을까 하는 공포심이 닥쳐오는 것이다. 머리 올리던 날은 하도 정신이 없어서 어떻게 라운딩을 끝냈는지 모르겠다. 분명한 것은 공을 때릴 때마다 공포심에 눈을 질끈 감을 때가 많았다.

눈을 감고 골프공을 쳐댔으니 스코어는 둘째 치고 아예 골프채로 공을 맞히지 못하는 일도 다반사였다. 더구나 얼마나 혼이 빠졌던지 골프 코스에 골프채를 놓고 오는 일도 여러 번이라 우리가 탄 골프 카드를 거꾸로 몰고 가야 했다. 그린에서는 퍼터 대신 홀컵 깃대를 들고 다음 홀로 이동하는 바람에 캐디가 혼비백산한 일도 있다. 결국, 뒤에 오는 팀한테 사과하고 아예 먼저 가시라고 양보해야 했다.

그 와중에도 배운 것이 있다. 내가 안쓰러웠던지 머리를 올려주러 온 선배는 긴장하는 나한테 절대로 고개를 들지 말고 힘을 쭉 빼고 아주 가볍게 치라고 한다. 온 힘을 다해서 골프채를 휘둘러도 골프 공이 제대로 나갈까 말까 하는 데 힘을 주지 말라니 처음에는 나를 놀리는 줄 알았다. 하지만 한 홀에서 두 번씩이나 OB를 까는 나한테 다가와 귀에 대고 '대가리 처박고 힘 빼, 이 쓰벌놈아!'라고 할 때 그 말이 진정임을 깨달았다. 골프도 인생도 마찬가지다. 힘 빼고 고개 숙이는 것이야말로 제일의 덕목이다.

텃밭에 미니 골프연습장을 만들었다. 유치원에 다니는 손자 녀석이 미니 골프채를 휘둘러보는 데 아예 공 자체를 맞추지 못한다. 눈을 똑바로 뜨고 공이 맞는 것을 끝까지 쳐다봐야 한다고 일렀다. 기세가 하늘을 찌르고 유난히 고집 센 그 녀석은 나를 째려보더니 한 손으로 공을 집어 냅다 앞으로 던져버린다. 성깔이 역시 내 손자다.

그래, 나중에 저 녀석 머리 올리는 날 내가 동반 라운딩을 한다면 소원이 없겠다는 유쾌한 상상을 해본다.

퍼팅 멀리건

골프는 참 묘한 운동이다. 나보다 덩치도 작고 매가리도 없어 보이는 친구가 나를 이기고 나이 먹은 사람이 팔팔한 젊은이를 이겨 먹기도 한다. 심판이 없는 운동이면서도 가장 엄격한 룰과 매너가 요구된다. 골프야말로 인생 축소판이란 말이 딱 맞는 말이다.

골프가 대중화된 지도 한참 지났다. 올림픽 종목으로 채택되었어도 우리나라에서는 아직도 눈치를 봐가며 해야 하는 운동이다. 제 돈 내고 하더라도 적절치 않은 시기에 골프를 치다가는 망신당하기 십상이기 때문이다. 그래 지금도 남다른 눈치를 보며 치는 골프는 나름의 스릴까지 있다. 처음 골프를 시작할 때는 그림 같은 잔디밭에 나간다는 것만으로도 신났다. 세월이 지나다 보니 목에 힘을 주고 골프장에 들어올 때와 다름을 알았다. 제일 먼저 할 일이 힘을 빼는 것이요, 공을 멀리 보내는 것보다 원하는 방향으로 보내는 것이 더 중요하다는 것을 체득하였다.

골프는 동반자도 중요하다. 누구와 함께 운동하는가에 따라 천당과 지옥을 왔다 갔다 한다. 나야 골프의 경지에 오르지는 못했으니 누가 동반자가 되든지 따질 처지는 아니다. 하지만 간혹 남 탓하는

동반자를 만나면 그날 하루는 영 망친 기분이다. 애먼 캐디한테 거리를 잘못 알려줬다고 면박을 주거나 골프채를 잘못 골라주었다고 불같이 화를 내는 친구를 보면 어이가 없다. 심지어 아예 골프장 설계가 처음부터 잘못되었다느니 날씨가 지랄 같다고 투덜댄다. 그럴 때마다 조물주한테 저런 불량품은 더는 만들지 말아 달라고 기도할 수밖에 없다.

투덜이 못지않게 나를 괴롭히는 동반자도 있다. 승부욕에 불타는 친구다. 골프 규칙을 무시하고 아예 제멋대로다. 골프공을 제멋대로 옮기는 것은 물론 멀리건과 오케이를 자청해서 남발한다. 멀리건은 최초의 샷에 대해 다시 한번 치는 것으로 정식 골프 규칙에는 있지도 않은 아마추어들의 편법이다. 한 번은 유난히 내기를 좋아하던 한 친구가 홀컵 앞에서 결정적으로 마지막 퍼팅을 실수했다. 순간 캐디 탓을 하면서 아무렇지도 않게 자청해서 멀리건을 외친다. 본인은 오늘 한 번도 멀리건을 쓰지 않았는데 뭐가 문제냐고 우기는 것이다. 퍼팅 멀리건이라니, 세상에 듣도 보도 못한 발상이다. 그렇게 해서 동반자를 이겨 먹으면 본인은 통쾌할지는 몰라도 그런 친구에 대한 평판은 거기서 끝이다. 그날 이후 퍼팅 멀리건 그 친구와는 두 번 다시 라운딩하지 못했다. 함께 간 동반자들의 묵시적 합의다.

이십 년 넘게 골프를 쳤으니 골프 얘기라면 밤을 새워도 끝이 없다. 나 역시 뒤돌아보면 골프를 치면서 수없이 투덜거렸고 승부욕에 빠져 욕심을 내다 라운딩을 망친 적이 한두 번이 아니다. 하지만 이 나이에도 골프를 치자고 연락해 오는 친구가 있는 것을 보니 내가 아주 몹쓸 불량품은 아닌 모양이다.

벙커가 인생의 끝은 아닐 터

골프만큼 드라마틱한 운동도 흔치 않다. 한나절 넘게 넓은 잔디밭을 도는 동안 예기치 않은 우여곡절이 많아도 너무 많다. 분명히 여기에 떨어졌다고 생각한 공이 보이지 않거나 잘나가던 공이 벙커에 빠져 헤매기도 한다. 마치 우리 인생사와 같다.

골프에 한참 빠져있던 때다. 전국적인 모임이 열렸는데 마지막 날에는 골프를 친다고 한다. 나야 선수로 나갈 정도는 못되어 부러운 시선으로 골프채를 챙겨온 지인만 쳐다보는데 뜻밖의 일이 벌어졌다. 그날 아침에 그분 아버지가 사고를 당했다고 연락이 왔다며 나더러 대신 나가란다. 골프클럽은 본인 것을 쓰면 된다고 한다. 최고의 명문 골프장에서 관록 있는 분들과 운동하다니 가슴이 뛰기 시작했다.

허둥대던 나는 서너 홀이 지나서야 비로소 동반하신 분들이 제대로 보이기 시작했다. 다들 체구도 나보다 작고 나이도 많아 만만해 보였지만 왠지 표정은 모두 여유롭다. 아나나 다를까 매번 호기롭게 드라이버를 날려도 어프로치나 퍼팅을 마치고 나면 여지없이 내 스코어는 꼴찌다.

그 홀은 핸디캡 1번이라고 했다. 가장 어려운 홀이라는 데 내 눈에는 거리도 짧고 평범해 보인다. 하지만 자세히 설명을 들어 보니 뱀처럼 좁은 페어웨이에 양쪽이 모두 OB 지역이다. 깃대가 보이는 그린 앞에는 높다란 벙커가 입을 떡하니 벌리고 있다. 아니나 다를까 경험 많은 동반자도 예외 없이 OB를 내고 한숨을 쉬는 사이 내 차례가 되었다. 셋이 다 OB라니, 내 입가엔 의미심장한 미소가 번졌다. 이제야 보란 듯이 본때를 보여줄 절호의 찬스다.

드라이버를 치려다 우드로 바꿨다. 평소 내가 쓰던 클럽과 똑같은 놈이다. 이 녀석은 거리는 덜 나가지만 결단코 OB를 내는 일은 없었다. 벙커 앞까지만 공을 여유롭게 보내고 그린에 올려 쓰리 퍼터를 해도 승리는 내 차지다. 하지만 웬걸 우드 샷이 맞아도 너무 잘 맞은 것이다. 멋지게 포물선을 그리던 내 공이 그만 벙커 속으로 빨려 들어가고 만 것이다. 오기가 발동했다. 아쉽더라도 오던 길로 공을 빼내야 하는데 앞만 보고 한 방에 해결해야겠다고 골프채를 휘두른 것이다. 내 키의 두 배나 되는 벙커 안에서 대여섯 번이나 골프채를 휘둘러도 탈출은 고사하고 온몸에 모래만 계속 뒤집어썼다.

나이 드신 동반자가 벙커 속에서 씩씩거리는 나를 보더니 가까이 다가와 조용히 이른다.

"그냥 공들고 나오세요. 거기가 끝은 아닙니다"

자존심이 허락하지 않는다.

"남의 골프채를 잡았더니 이놈이 도대체 말을 듣지 않네요"

　한술 더 떴다. 아마추어가 골프를 망쳤다는 핑계는 100가지도 넘는다고 하는데 내가 그 꼴이 난 것이다.

　젊은 혈기만 믿고 우쭐대다 개갈 안 나는 핑계만 댔으니, 지금도 그때를 생각하면 얼굴이 화끈거린다. 하지만 배운 점도 많다. 지금도 내가 험난한 인생에서 벙커에 빠져 허우적거릴 때면 그분 목소리가 들린다.

　"공을 집어들고 나와라. 거기가 인생의 끝은 아니다"

제4부

뜨거워서
좋을 것

뜨거워서 좋을 것은 사랑밖에 없다는 이야기다.
'인연 끝자락'이나 '하나도 빠짐없이 다시 만나자' 등은
마치 한 편의 영화를 보는 듯하다.
'나의 죽음 앞에서'는 인생을 마감하면서
생각해 봄직한 이야기가 잔잔하게 펼쳐있다.

인연 끝자락

피천득의 〈인연〉을 읽다 퍼뜩 스친 옷자락. 젊은 시절에 만났던 하얀 원피스를 입은 츠루코(鶴子). 벌써 사십 년 전 일이다.

부여에 있는 시골집에 다녀오던 시외버스에서 어떤 아주머니가 자리 좀 바꿔 달라고 한다. 옆자리에 탄 사람이 일본 사람 같은 데 말이 통하지 않는다는 것이다. 그 시골 아주머니는 유창한 충청도 사투리로 열심히 뭔가를 설명하고 있었고 그 앳된 일본 아가씨는 알아듣지 못해 답답한 표정이 역력하다. 나보고 젊은 사람이 어떻게 좀 해보라는 것이다. 용감하게 자리를 바꿔 앉았다. 통성명하고 보니 백제의 역사와 와당(瓦當)에 대한 논문 때문에 현지답사를 온 일본 대학원생이었다.

나 역시 그때만 해도 일본어는 인사말밖에 할 줄 몰랐다. 거우 영어를 섞어 손짓, 발짓으로 소통했다. 부여에서 경주에 가려면 이 버스의 종점에서 내려 대전역으로 이동하고 거기서 다시 기차를 타야 한다고 했다. 일본 여성치고는 키도 크고 매력적인 여자가 수도 없이 "하이! 하이" 소리를 내면서 고마워하는 통에 결국 대전역까지 동행하게 되었다. 택시비도 당연히 내가 지불했다. 외국 사람을 직접 안

내하고 돈까지 써본 것은 그때가 처음이다.

그때 만난 츠루코는 하얀 원피스를 입고 있었는데 처음 본 순간 활짝 핀 벚꽃 같다고 느꼈다. 나보다 세 살이나 많았지만 얼굴과 몸짓은 어려 보였고 귀엽기까지 했다. 나는 그녀에게 거꾸로 내가 두 살 많다고 거짓말을 해버렸다. 그 순간 왜 그랬는지 몰랐지만 그렇게 해야 상대해 줄 것 같았다. 당시 내가 명색이 부여에서 태어났고 백제에 대하여 아는 게 많다고 생각했고 또 할 말도 많았다. 하지만 나나 츠루코나 모국어가 아닌 영어로 의사소통한다는 것은 정말 답답하고 진땀 나는 노릇이었다.

처음 만난 우리는 대전역에서 기차 시간을 기다리는 서너 시간 동안 지치지도 않고 열심히 이야기했다. 결국 하고 싶은 말을 다 하지 못해 기차표를 저녁 마지막 시간으로 바꾸고 역 근처 포장마차로 갔다. 어묵탕과 떡볶이를 먹으며 두서도 없는 이야기를 계속했다. 말은 잘 통하지 않아도 되었다. 서로 눈동자를 들여다보는 것만으로도 대화는 충분했다.

기차가 떠날 시간이 되었고 헤어지는 것이 아쉬워 나는 플랫폼까지 따라 들어가 잡은 손을 오랫동안 놓지 못했다. 셀렘민트껌 한 통을 건넸는데 츠루코는 내 손에 땀이 많이 났다며 하얀 손수건을 꺼내주고 그냥 간직하라고 했다. 그러는 사이 대전역에서 출발하는 마지막 기차는 단 5분도 더 기다려 주지 않고 야속하게도 그냥 떠나버렸다.

츠루코는 귀국하자마자 일본어와 영문으로 편지를 보내왔고 나도 그때마다 정성껏 답장했다. 그녀의 편지는 놀라울 정도로 솔직하고 직설적이었다. 우리는 점차 내면의 이야기를 주고받으며 서로의 편지를 기다리게 되었다. 지금 생각하면 매번 열 장 가까이 되던 츠루코의 편지를 밤새워 읽으면서 나도 모르게 점차 그녀의 마음속으로 빠져들어 갔다.

편지 속 대화에서 우리 두 사람은 마치 아주 오래전부터 잘 알고 있던 사람들 같았다. 그때부터 일본어를 배워야겠다는 결심이 생겼다. 오사카에서 교직 생활하다 한국에 돌아와서 살던 할머니 한 분을 찾아가 일본 소학교 교과서를 교재로 일본어를 배우기 시작했다. 겨우 일본어에 대한 까막눈을 면하면서 츠루코와의 편지도 차곡차곡 쌓여갔다.

츠루코는 아그네스 발차의 '기차는 8시에 떠나고'를 좋아했고 편지 속에서 나를 사랑한다고 고백했다. 왜 나를 좋아하냐고 했더니 처음 만난 날 악수할 때 느꼈던 나의 크고 두툼한 손이 너무나 뜨거워서 잊을 수 없단다. 나도 아마 한국어로는 대놓고 사랑한다고 쓰지를 못했을 것이다. 하지만 영어나 일본어로 적는 데는 별 거부감이 없었다. 한 번 그렇게 쓰고 나니 그다음부터는 우리가 정말 연인이 된 것 같았다.

우리나라에서 해외여행이 자유화되지 않았던 그 시절 그녀는 유럽이나 하와이 여행을 할 때마다 하양거나 초록색 원피스를 입고 찍은 사진을 보내왔다. 또한 나를 만나러 김포공항으로 오기까지 했다. 나와는 딴 세상에서 사는 사람이었다. 츠루코는 나보다 세계의 역사와 문화에 대하여 해박하였다. 그녀의 눈을 통하여 처음으로 일본이라는 새로운 세상을 들여다볼 수 있었다.

노벨문학상을 받은 가와바타 야스나리(川端康成)의 설국(雪國)도 그녀 때문에 처음 알았고 우찌모라 간조(內村鑑三)뿐 아니라 한국 사람인 나도 잘 몰랐던 한국의 김교신 선생, 김지하 시인 등도 알게 해 주었다. 해가 바뀌면서 우리가 철학과 사상에 대해 주고받은 편지 속 내용도 더욱 진지해졌다. 당시 서슬 퍼렇던 유신헌법 아래에서 햇병아리 공직자로 근무하던 나에게 그녀와의 교류는 두렵기도 하고 신선한 충격이기도 했다.

지금도 친한 친구를 만나면 내가 일본 여자랑 결혼해서 일본으로 팔려 갈 뻔했다는 농담을 한다. 실제로 츠루코는 아무 걱정 하지 말고 자신과 일본에서 같이 살자고 프로포즈 했고, 도쿄 한복판에 같이 살 집도 있다고 했다. 나는 걱정과 고민에 빠질 수밖에 없었다. 결국 그녀가 생각하는 나는 현실에 존재하는 사람이 아니라고 변명하면서 얼마 있지 않아 내가 한국 여자와 결혼할 것이라는 장문의 편지를 썼다.

마지막 편지를 부치고 돌아오는 우체국 계단 밑 노점에 츠루코의 볼처럼 빨간 사과가 수북이 쌓여 있었다. 나는 '카노조와 도구데아레 린고데스(그녀는 독이 든 사과야)'라고 수없이 중얼거리며 시내버스도 타지 않고 털레털레 걸어서 하숙집으로 돌아왔다. 그날 밤은 불을 모두 끈 채 그녀가 보낸 LP 음반 중에서 바흐의 무반주 첼로 모음곡을 들으며 오랫동안 마음을 달래야 했다.

몇 해 전에 아키타를 방문했을 때 유서 깊은 츠루노온센(鶴の温泉)에 간 적이 있다. 유난히 눈이 많이 내리던 겨울날이었다. 따뜻한 우윳빛 노천탕에 몸을 담그고 있는데 함박눈이 쏟아지기 시작했다. 마치 바람에 벚꽃이 하염없이 흩어지는 것 같았다. 내 가슴속에 묻은 그녀는 매사에 똑 소리가 났던 만큼 아마 누구보다도 멋진 삶을 살고 있을 것이다. 일본 영화 '러브레터'의 한 장면이 떠올랐다. 하얀 눈 덮인 숲속 벌판에서 주인공이 두 팔을 벌리고 외친다.

"오겡끼 데스까?"(잘 지내나요?)

〈제18회 나루문학상 대상〉

돈다발 그 친구

30년도 더 된 참으로 혈기 왕성했던 시절의 부끄러운 추억이 떠오른다.

시골에서 함께 자란 친구가 서울에 가서 돈을 무지 벌었다는 소문이 자자했다. 마침 그 친구한테 금요일 저녁에 얼굴이나 보자는 전화가 왔다. 중학교 때 헤어졌으니 참으로 오랜만에 만나는 것이다.

나는 그 당시 삼십 대의 가난한 가장이었다. 도시에서 직장에 다니던 다른 시골 친구들도 나와 크게 다를 바 없는 형편이었다. 적은 월급에 셋방살이하면서 그만그만하게 살고 있었다. 그래도 없는 집 자식들이 우애가 좋다는 말처럼 시골 친구들은 서로 부축이라도 하듯 자주 어울려 술잔을 기울이며 의지했다.

약속 장소인 대전 유성에 있는 근사한 술집에 들어서니 친구들이 벌써 와 있었다. 자주 만나던 친구들 말고도 늦게 대학을 마치고 직장에 다닌 지 얼마 안 된 친구도 있었다. 서울서 온 그 친구는 술상 한가운데 떡하니 앉아있었다. 머리카락에 잔뜩 기름을 발라 뒤로 넘겼지만 어렸을 때 장난치던 모습은 그대로였다. 인사말은 당연히 서로 어릴 때 하던 욕이었다.

 술자리가 시작되면서 모든 화제는 그 친구의 입에서 나왔다. 중학교를 졸업하자마자 서울로 도망가서 고생한 이야기며 미싱기술을 배우고 공장을 차리기까지의 무용담이 끊이질 않았다. 지금은 아예 대구의 원단공장까지 인수했다고 어깨를 으쓱거렸다. 다른 친구들은 다들 부러운 눈으로 연신 맞장구치기에 바빴다. 역시 술자리는 술값을 내는 사람이 임자였다. 그 후로도 그 친구는 시골 친구들을 자주 불러 모았고 그때마다 검정색 각 그랜저 트렁크에서 돈다발을 꺼내 호탕하게 술판에 뿌렸다.

 술자리가 거듭될수록 화기애애하던 친구들 모임은 점점 어색한 쪽으로 흘러갔다. 술을 마실수록 그 친구는 중학교 때 공부도 못하고 체구까지 작아 얻어터지고 무시당한 분풀이를 쏟아내는 듯했다. 입은 거칠어졌고 도에 넘치는 막말도 서슴지 않았다. 결국 자리를 박차고 나가는 친구도 있고 무식한 놈이 돈만 벌면 다냐고 대드는 친구도 있었다. 결국 서로 먹살까지 잡으면서 술판은 개판이 되면서 그 후로 여럿이 모이는 일은 없어졌다.

 지금 그 친구는 IMF 때 파산한 이후로 연락도 되지 않는다. 오래 전에 이혼까지 했다는 이야기는 들었는데 죽었는지 살았는지도 모른다. 안타까운 일이다. 시골 친구들이 모이면 아직도 가끔 그 돈다발 친구 이야기를 한다. 촌놈이 자수성가하여 돈다발을 뿌려댔으니

그만하면 잘난 놈이라고 하는 친구도 있고, 배우지도 못한 놈이 돈 좀 벌었다고 그렇게도 위세를 떨더니 잘 됐다는 친구도 있다. 이번에도 두 패로 갈려 언성을 높인다. 그러다가 또 그때처럼 친구 모임이 깨질까 싶어 걱정이다.

돌아오는 길에 혼자 반문한다. 그 친구한테 나는 어떤 친구였을까, 나한테 그 친구는 어떤 친구였을까.

텃밭 옥수수 잔치

우리 집 텃밭에 해마다 빼놓지 않고 심는 것이 있다. 옥수수다. 아내는 물론 두 며느리와 손자 손녀들까지 모두 좋아하기 때문이다, 더구나 옥수수는 심어 놓기만 하면 약을 칠 것도 없이 저절로 자라니 텃밭 농사에 안성맞춤이다.

내가 어릴 적에도 옥수수는 고구마와 더불어 시골에서 가장 흔한 먹거리이자 끼니를 때우는 주식이었다. 커다란 솥단지에 한가득 쪄 놓은 옥수수는 한나절도 못 가 모두 동이 나기 마련이다. 하모니카를 불듯 양손으로 옥수수를 잡고 뜯어먹으면 그게 부러운 듯 우리 집 누렁이가 졸졸 따라다녔다. 뜨거운 솥단지에서 옥수수 한 개를 건져 누렁이한테 던져주면 어른들은 고함을 치며 야단친다. 누렁이가 뜨거운 것을 덥석 물면 이빨이 다 빠진다는 것이다.

옥수수에 대한 추억은 또 있다. 그 시절 시골 학교에서는 점심시간에 노란 옥수수빵을 배급하였다. 한국전쟁 이후 가난했던 시절이었다. 선생님은 외국 원조로 이것을 먹으니 나중에 은혜를 갚아야 한다고도 했다. 옥수수빵은 커다랗고 노란 플라스틱 상자에 담겨 왔다. 빵 배급은 선생님을 도와 반장과 주번으로 뽑힌 친구의 몫이었다. 콩나물시루 같은 교실마다 빵 상자를 밀고 다니며 나누어 주다 보면 늘 여분이 남게 마련이었다. 남은 빵은 반장인 내가 배분했다. 방과 후에 청소하거나 교실 환경미화를 도와주는 친구들에게 한 개씩 더 주는 것이다. 그 시절에는 옥수수빵을 타려고 청소 당번을 서로 한다고 안달 내기도 했다.

나는 내 몫과 추가로 받은 빵을 책보에 싸 집으로 가져가곤 했다. 옥수수빵에서 나는 좋은 냄새가 나를 유혹하였지만 눈 빠지게 나를 기다릴 동생들을 생각하면서 침을 삼키며 집으로 달려왔다. 어린 동생들은 두 편으로 갈린다. 내 손에서 빵을 빼앗아 그 자리에서 먹어 치우는 녀석이 있고 장롱 이불속 같은 곳에 숨겨놓고 아껴 먹는 녀석도 있다. 간혹 감춰놓은 빵을 나중에 찾으면 푸른곰팡이가 슬어 먹지도 못하고 속상해했다. 그때 동생들과 함께 나누어 먹던 옥수수빵의 향기는 지금도 잊히질 않는다. 나의 어린 시절은 옥수수 향기와 함께 그렇게 영글어 갔다.

옥수수는 하나도 버릴 것이 없다. 옥수수가 잘 크라고 따준 어린 곁순은 집에서 기르던 토끼가 가장 좋아했다. 여름 내내 쪄 먹고 남은 옥수수는 햇볕에 말려 겨우내 양식에 보태고 단단해진 옥수수 알갱이는 볶아서 차로 마신다. 옥수수수염은 잘 말려두었다 차로 끓여 양치하는 데 쓰고 옥수수를 발라먹고 남은 속대는 불쏘시개로 요긴하게 쓴다. 옥수수 줄기는 소먹이로 주고 밑동은 밭에 묻혀 거름으로 쓴다. 심지어 옥수수에 붙어사는 무당벌레까지 쓸모가 있다.

진딧물과 깍지벌레를 잡아먹는 것이다. 그래서일까 어릴 적 우리 집 채소밭에는 늘 옥수수가 보초를 서듯 줄지어 있었다.

내가 해마다 텃밭에 심는 옥수수는 찰옥수수다. 찰옥수수는 담백한 맛에 쫀득하고 톡톡 터지는 식감이 일품이다. 그 맛을 제대로 보려면 옥수수를 따자마자 바로 쪄 먹어야 한다. 수확한 지 하루만 두어도 그 맛이 덜하다. 그래 옥수수를 따는 날에는 야외에 솥단지를 건다. 여러 해 옥수수를 삶다 보니 나만의 방법이 생겼다. 소금이나 뉴슈가 따위를 넣으면 오히려 은은하고 자연스러운 옥수수 본연의 맛을 해친다. 나만의 비결은 옥수수 속껍질과 수염에 있다. 그것들을 버리지 말고 함께 삶으면 단맛과 풍미가 더 살아나는 것이다. 또한 삶은 옥수수를 김이 나는 채로 바로 냉동고에 넣어 얼려두면 한겨울까지도 갓 딴 것 같은 찰진 맛을 제대로 즐길 수 있다.

올해도 텃밭에 심은 옥수수가 아주 잘 자랐다. 보름 간격으로 심은 옥수수들이 경쟁이라도 하듯 키 재기하더니 벌써 꽃대를 피워내고 있다. 나만의 옥수수 삶는 비결까지 생겼으니 벌써 옥수수 따는 날이 기다려진다.

다음 주말에는 가족과 지인들을 불러 텃밭에서 옥수수 잔치를 열어야겠다. 벌써부터 군침이 돌고 부자가 다 된 듯하다.

네가 많이 그리울 거야

토종 국수호박 이야기

아침부터 장맛비가 퍼붓는다. 이런 날 점심은 사무실 근처 꽃 카페에서 들깨수제비를 먹는 것도 운치 있다. 가게에 들어서자마자 반가운 녀석과 눈이 마주쳤다. 함께 간 일행은 뭘 그렇게 뚫어지게 바라보냐고 한다. 국수호박이다.

국수호박은 대부분 노란 멜론처럼 생겼는데 이 집에 진열해 놓은 녀석은 짙은 초록색 바탕에 줄무늬가 있고 생김새는 럭비공 같다. 함께 간 지인은 저것이 무슨 호박이냐며 수박이라고 우긴다. 내가 웃으면서 재작년에 이 집에서 호박씨를 얻어 직접 키운 녀석이라 했더니 그제야 믿는 모양이다.

당진지역 토종이라는 이 국수호박은 지금은 거의 사라져 찾아보기 힘들다. 다행히 이 집 안주인의 팔순이 넘은 아버지가 해마다 한두 포기씩 심어 명맥을 유지하고 있다. 토종이라고 이름을 붙이려면 우리나라에서 오랫동안 재배하여 최소한 삼십 년 이상 키워온 것이라야 한단다. 수박같이 생긴 이 국수호박은 그분의 할머니 때부터 심어온 것이라니 햇수로는 토종이 되고도 넘친다. 그래서 더 반갑고 소중한 녀석이다.

국수호박이란 이름은 호박의 속살이 국수처럼 풀어진다고 해서 붙었다. 외국 사람한테는 스파게티 호박이라고 해야 금방 알아듣는 다. 호박을 익혀 찬물에 식혔다 겉을 누르면 호박속이 국수처럼 나 오는 데 이것을 조리하여 먹는 것이다. 특별한 맛은 없지만 아삭한 식감을 가지고 있다. 마치 어릴 때 먹었던 박속 맛과 비슷하다. 피부 미용이나 다이어트에 좋고 불면증에도 효험이 있단다.

이 녀석은 심어보니 재배하기가 여간 까다로운 게 아니다. 다른 호 박에 비해 싹을 틔우기도 어렵고 호박도 거의 열리지 않는다. 가을 이 다 되어 거의 포기할 무렵이 되어야 마지못해 호박 한두 개를 내 어준다. 맛이 달거나 특별하지도 않고 키우는 것도 어려우니 점차 사라져 갈게 뻔하다. 이처럼 경제적 이익이 없다는 이유로 우리 주변 에서 소중한 토종작물이 하나둘씩 사라져 가는 현실이 안타깝다.

최근 우리 식탁이 외래 품종과 유전자 변형 식품에 점령당하고 있 다. 얼마 전에 단체급식 등에 많이 쓰이는 '돼지 호박'이라고 불리는 주키니 호박이 유전자 변형 문제 때문에 전량 회수되는 소동이 벌어 졌다. 특정 채소가 전량 회수된 경우가 처음 있는 일이라서 더욱 놀 라울 수밖에 없었다. 다행히 최근에 종자 주권 문제가 대두되면서 토종식물에 대한 관심이 높아지고 있다. 나 역시 우리 기후와 식생 에 맞게 잘 토착되어 속을 편하게 해주는 토종식물에 관심이 간다. 그래 텃밭 농사를 지으며 콩이고 호박이고 토종씨앗이 있다면 꼭 얻 어다 심고 본다.

올해 우리 집 텃밭에 국수 호박씨를 심었지만 싹을 틔우지 못했다. 다른 호박들은 벌써 줄기를 뻗고 꽃까지 피우는 데 국수호박을 심은 구덩이는 감감무소식이다. 너무 일찍 씨를 뿌려 냉해를 입었던지, 씨가 덜 여문 탓인지, 한겨울에 영하의 추위를 맛보이지 않은 탓인지, 도대체 영문을 모르겠다. 내 이야기를 들은 가게 주인이 얼른 뒷문을 열고 밭에 다녀오더니 싹이 튼 국수 호박 모종 몇 개를 건네준다. 호박이 열리면 지난번처럼 한 덩어리만 여기에 가져다 놓으면 좋겠다고 한다.

그래 금년에는 서두르지 않으마. 네가 잘 자라 여기에 다시 오게 되면 오늘 나와 눈을 마주친 국수 호박의 손자뻘일 것이다. 올겨울에는 토종 국수호박 옆에 손자 호박이 나란히 앉아 나를 반겨주는 흐뭇한 상상을 해본다.

바비큐와 반딧불이

텃밭에 장미가 만발하였다. 초록집 계단 앞 아치에 올린 두 종류의 넝쿨장미가 서로 시샘하듯 앞을 다투어 일제히 꽃망울을 터트린 것이다. 붉게 타오르는 스칼렛과 첫사랑의 설렘 같은 분홍색 안젤라가 아예 장미꽃 축제를 벌이고 있다. 잔디밭은 벌써 장미 꽃잎이 수북하게 쏟아져 장밋빛 카펫이다. 이 황홀한 순간을 혼자 보는 것은 아깝다. 꽃이 다 지기 전에 누구라도 불러야 한다.

평일 오후에 직장 동료들을 초대했다. 주말농장이라는 것을 잘 아는 사람들이 무엇을 가져가면 되냐고 한다. 준비할 것은 없고 장미꽃향기와 술에 취할 결심만 가져오면 좋겠다고 했다. 여럿이 야외에서 모일 때는 역시 바비큐가 최고다. 반찬이 따로 없어도 되고 디저트는 샘 옆에서 익어가는 앵두나 보릿똥을 따 먹으면 된다. 하지만 막상 사람들을 오라 하고 보니 걱정이 앞선다. 텃밭에서 난 오이로 만든 김치와 무말랭이무침을 준비했는데 입에 맞을지 모르겠다. 어쨌든 일을 벌였으니 뒷감당은 내가 해야 한다. 모자란 반찬은 텃밭에서 상추를 뜯어다 놓으면 되지 않을까 싶다.

훈제 바비큐 통 바닥에 물을 채우고 참숯을 피워 넣었다. 두툼하게 썬 고기에 굵은소금을 치고 아들이 가져다 놓은 바비큐 소스를 뿌렸다. 평소에는 손자 손녀들이 맵다고 할까 봐 쓰지 않는 소스다. 소스 통을 읽어보니 미국 것이다. 바비큐의 본고장은 미국이 아니던가. 국산 삼겹살이 미국 소스를 만나 어떤 맛을 낼지 기대된다.

도착한다는 시간이 한참 지나서야 모두 모였다. 나한테는 가까웠어도 처음 오는 분들한테는 멀었던 모양이다. 그래도 유월이 익어가는 날 저녁 햇살은 아주 여유롭다. 나는 무슨 셰프라도 된 것처럼 흰 장갑을 끼고 맛있는 냄새가 퍼져 나오는 바비큐 통을 열었다. 노릇하고 바삭하게 익은 바비큐 한 덩이를 꺼내 썰어보니 마침맞다. 촉촉한 육즙이 배어 나오면서 입맛을 다시게 한다. 기름이 쏙 빠진 껍데기는 아예 칼로 자르기 어려울 정도로 딱딱하다. 마치 학생들과 필리핀에 어학연수 갔을 때 처음 먹어본 세부의 레촌(lechon) 같다. 겉은 과자처럼 바삭하고 속은 촉촉한 게 이만하면 대성공이지 싶다.

자리를 함께한 동료들은 생애 최고의 맛이란다. 아예 이것을 특허라도 내면 어떻겠냐고 한다. 나는 야외 잔디밭 경치와 시장기가 겹쳐서 그런 거라며 손사래를 쳤지만 고기를 썰어놓기가 무섭게 동이 나는 것을 보니 빈말은 아닌 듯하다. 모두 맛있게 먹어주니 나는 먹지 않아도 벌써 배가 부르다.

시간이 어떻게 가는 줄도 몰랐는데 벌써 오밤중이다. 그 사이 소주, 맥주는 벌써 동나고 일전에 남겨둔 몰트위스키 두 병도 모두 바닥을 보인다. 이러다 아예 밤이라도 세울 분위기다. 마당가 초록집에서 자고 가도 된다고 했더니 일행 중 두 분이 내일 아침 아이들 등교 때문에 꼭 가야 된다고 한다. 집이 서울이고 인천이다. 이곳 공주에서 그 멀리까지 가야 한다니 괜히 여기까지 오라고 한 것 같아 미안하기 그지없다. 취한 사람들의 등을 떠밀다시피 해서 파티를 끝냈다. 급히 서두르다 보니 모두 빈손으로 보냈다. 맛있게 먹던 텃밭 상추라도 듬뿍 뜯어 보냈어야 하는 데 미안함에 속상함이 겹치니 두 배로 속상하다.

손님이 가고 난 빈 마당에 별빛이 쏟아지는 데 어디선가 개구리 울음소리가 가득 들려온다. 어디서 이렇게 떼창을 하는지 궁금하여 개울 쪽을 향해 걸어보았다. 어둠 속에서 무언가 반짝이는 신기한 불빛이 날아다닌다. 두 마리가 한 쌍이 되어 황홀한 유영을 하는 데 가만히 보니 어릴 적 보았던 반딧불이다. 나도 여기 와서 처음 보는 귀한 녀석이다.

그래 밤길이 어두우니 너희가 길을 밝히는구나. 가시는 분이 잘 돌아가시도록 살펴드려라. 다음에 우리가 다시 모이거든 바비큐 파티는 핑계고 너를 만나러 온 것이다. 텃밭에 바비큐 잔치를 하려다 반가운 반딧불이 불꽃놀이까지 만났으니 오늘이야말로 운수 대통한 날이다.

Galaxy Quantum4

네가 많이 그리울 거야

뜨거워서 좋을 것

막 걷기 시작한 손자 녀석이 입을 딱 벌리면서 빨리 고기를 달라고 달려온다. 불판에서 고기 한 점을 얼른 집어 입에 넣어 주었는데 냅다 뱉어버린다. 그다지 뜨겁지 않았는데 손자 녀석은 빨건 숯불이라도 집어넣은 듯 화들짝 놀라며 내 등짝을 사정없이 두들겨 팬다.

뜨거운 것만 생각하면 처음 유럽에 갔을 때가 떠오른다. 안개 낀 겨울 아침의 런던 거리는 뼈가 시리다는 표현이 딱 맞았다. 호텔 커피숍에서 음료를 주문하는 데 일행과 함께 따뜻한 커피를 달라고 했다. 덩치가 곰 만한 종업원이 뭐라고 씨부리는 데 잘 들리지도 않고 그래서 무조건 오케이 땡큐를 했던 것이 탈이었다. 한참 만에 가져온 것을 보니 커피랍시고 무슨 아이들 소꿉장난하듯 쪼끄만 잔에 담아 왔다.

아니 영국이 한때 해가 떨어지지 않는 나라라고 하더니 이렇게 큰 호텔에서 그것도 덩치도 커다란 놈이 커피랍시고 주는 게 참 인심도 고약하다고 생각했다. 그때만 해도 에스프레소가 뭔지 구경 못한 촌놈의 당연한 오해였다. 불상사는 그다음에 일어났다. 작은 잔을 깔보고 덥석 목구멍에 털어 넣은 것이다. 순간 불덩이같이 뜨거운 감이 느껴졌다. 점잖은 자리에서 품어 뱉을 수도 없고 억지로 삼키자 입천장이 다 벗겨지고 눈물까지 쑥 빠졌다. 그 후로 사십 년 넘은 지금까지도 에스프레소는 아예 쳐다보지도 않고 있다.

우리나라 사람처럼 뜨거운 것을 좋아하는 사람도 드물다고 한다. 나도 그렇다. 아침에 국이 있어야 밥을 먹으니 영락없는 한국 사람이다. 된장국이든 미역국이든 펄펄 끓는 것을 먹어야 개운한 것은 어디서 배운 것이 아니라 아예 타고난 것 같다. 또한 출장이라도 가서 집 밖에서 아침을 먹게 되면 으레 해장국집부터 찾는다. 뜨거운 뚝배기에 담긴 탕을 골라 먹을 수 있기 때문이다. 결국은 펄펄 끓는 콩나물국에 날계란이라도 한 개 넣어 먹어야 아침을 먹은 것 같다.

뜨거운 것을 좋아하는 것은 음식만이 아니다. 목욕탕에서도 마찬가지다. 살갗이 빨갛게 변할 정도로 뜨거운 물에 몸을 담그고 나서 시원하다고 하는 사람은 우리나라 사람밖에 없다고 한다. 나 역시 평생 유성온천 근처에서 살았으니 계절과 관계없이 뜨거운 물에 몸을 지지면서 살아왔다. 하지만 아이들은 다르다. 자신의 체온보다 조금만 뜨거워도 단번에 뛰쳐나온다. 아이들을 데리고 온천에 갈 때마다 몇 번을 얼러보아도 뜨거운 탕에는 한 번도 데리고 들어가지 못했다.

나이가 드니 아이한테도 배울 점이 많다. 우선 먹는 것부터 그렇다. 아이처럼 먹는다면 늙어서도 크게 고생하지 않을 듯싶다. 나는

음식을 먹을 때도 쓰든지 달든지, 목구멍이 타들어 가든지 말든지 입에 넣으면 무조건 삼키고 보는 데 아이는 조금만 이상해도 본능적으로 뱉어버린다.

또 아이들을 보면 국에 밀은 밥알이 불어 터질 때까지 놀면서 천천히 먹다가도 적당히 배가 차면 본능적으로 입을 닫아버린다. 먹다 남긴 고기 한 점이 아까워서 한 개만 더 먹으라고 쫓아다녀 보지만 어림없는 일이다. 목욕을 시켜 봐도 그렇다. 조금만 뜨거워도 아예 발가벗은 채 문밖으로 냅다 도망을 치고 만다. 음식이고 목욕이고 뜨겁게 해서 이로울 게 하나도 없다. 그렇다. 사시사철 뜨거운 나라에서 인류 문명이 꽃피웠다는 소리는 들어본 적이 없다.

뜨겁게 할 것은 사랑밖에 아무것도 없다.

가지 못한 길

어딘지 모를 곳에서 길을 잃고 헤매다 잠에서 깼다. 창문 쪽을 보니 날이 밝기는커녕 아직도 오밤중이다. 등줄기는 땀에 젖어 흥건하다.

내가 실제로 길을 잃고 헤맨 일은 초등학교에 갓 입학했을 때였다. 벌써 오십 년도 더 된 일인데도 그날의 충격은 아직도 생생하다. 그때 시골 동네에서 학교까지는 꽤 멀었지만 등교하는 데는 아무 어려움이 없었다. 아침 일찍 동네 어귀에서 아이들이 함께 모여 산을 넘고 언덕을 넘어 함께 학교에 갔기 때문이다.

문제는 학교가 끝나고 집에 올 때다. 일찍 수업이 끝난 나는 호기심 가득한 발걸음으로 운동장을 가로질러 교문을 빠져나와 집으로 향했다. 우리 동네는 집들이 모두 다르고 길도 외길이어서 눈을 감고도 다녔다. 문제는 집과 학교 사이에 있는 복잡하고 낯선 큰 동네에서 그만 길을 잃은 것이다. 골목 갈림길에서 이쪽이 맞는 것 같아 끝까지 가보면 엉뚱한 길목이고 저쪽으로 가보면 또 다른 길목이 나왔다. 처음 왔던 곳도 찾을 수 없다. 길 잃은 강아지가 된 것이다.

결국 해가 질 무렵에야 어떤 아주머니가 콧물이 범벅이 된 채 잔뜩 겁을 먹고 있던 나를 구해주었다. 태어나서 처음으로 이루 말할 수 없는 좌절과 공포를 경험한 것이다. 그래도 울지는 않았다. 세상에 혼자 버려졌다는 두려움에 떨었어도 어린 마음에 자존심은 있어 울음 대신 입술만 잔뜩 깨물고 있었다. 지금도 내가 그때 방향을 잃고 가보지 않은 길로 계속 갔다면 내 인생이 어떻게 되었을까 하는 상상 속에 빠질 때가 있다.

사춘기 무렵 교과서에 실린 로버트 프로스트의 '가지 않은 길'이라는 시를 보고 흠뻑 빠졌던 기억을 떠올린다. '그때는 노란 숲속에 두 갈래로 길이 나 있었습니다. 나는 두 길을 다 가지 못한 것을 안타깝게 생각하면서...'로 시작해서 마지막 구절까지 달달 외웠었다. 숲속에 두 갈래 길이 있었고 나는 사람들이 적게 간 길을 택하였고, 그리고 그것 때문에 모든 것이 달라졌다는 내용이다.

어른이 된 다음에도 길을 잃고 헤맨 적이 있다. 유럽 여행 중이었는데 한밤중에 프랑크푸르트 구도심에 있는 호텔을 나와 거리를 배회하다 방향 감각을 잃어버린 것이다. 아무 생각 없이 가벼운 옷차림으로 나온 탓에 주머니에 아무것도 없다. 돈이나 핸드폰이 없는 것은 둘째 치고 갑자기 호텔 이름도 생각나지 않았다. 상점들도 모두 불이 꺼졌고, 오래된 도심의 거리는 이 골목 저 골목이 모두 똑같았다. 내가 사라진 것을 알면 아침 일찍 공항으로 이동해야 할 우리 일행이 얼마나 황당할지 더욱 정신이 혼미했다.

연말이 되어 친한 친구들을 만나 정담을 나누다 꿈 이야기를 했다. 내가 지금도 가끔 길을 잃고 헤매다 잠에서 깬다고 했더니 한 친구 역시 맞장구를 친다. 산속에서 길을 잃고 헤매기도 하고 퇴직한 지 한 참 지났는데 아직도 지각하는 꿈을 꾼단다. 생각하니 그 친구나 나나 평생 한길만 걸었다. 이십 대에 공직 생활을 시작해서 한눈팔지 않고 정년까지 했으니 맞는 말이다.

　지나온 길을 돌아보니 길을 잃고 헤맨 적도 있고 샛길이나 지름길로 빠지고 싶던 때도 있었다. 친구들은 나더러 사업을 하거나 영혼이 자유로운 예술가를 했더라면 더 좋았을 거라 한다. 나도 가끔은 내가 가지 않은 길을 선택했더라면 어땠을까 궁금하다. 하지만 가슴속에 가지 않은 길이 있었기 때문에 가끔은 내가 걸어온 길을 뒤돌아보고, 쉴 수 있었고, 꿈을 꿀 수 있었다.

　프로스트의 시에 한 줄을 더하고 싶다. 내 인생의 숲에는 두 갈래 길이 나 있었습니다. 내가 선택한 길이 초라할지라도 후회하지는 않습니다. 가지 못한 길이 있었지만 그 길이 있었기에 더 이상 외롭거나 쓸쓸하지 않았습니다. 그 길이 있었기에 지금도 나는 꿈을 꿀 수 있습니다.

하나도 빠짐없이 다시 만나자

고향 친구들과 회갑을 자축하기로 했다. 옛날 같으면 자식들이 동네잔치라도 열었지만 요즘 세상에 환갑이 어디 잔치 축에나 끼는가. 게다가 자식들이 대부분 아직 결혼을 하지 않았고, 환갑 당사자 또한 아직은 출퇴근하는 실정이라 시간 맞추기도 어렵다. 그렇다고 단 한 번 맞는 환갑을 그냥 지나치기는 어쩐지 서운하다.

시골 친구들의 실제 회갑은 한두 해 차이가 난다. 하지만 아무도 그런 것을 따지지 않았다. 연말에 날을 잡아 통째로 자축연을 하자고 의기투합했다. 시내 복판에 있는 근사한 레스토랑을 빌렸는데 부부 동반으로 칠팔십 명 넘게 모였다. 이심전심이었을까. 아주 대성황이다. 오랜만에 보는 시골 촌놈들이라 그런지 반갑지 않은 놈이 한 명도 없다. 머리는 누구랄 것 없이 서리가 내려 희끗희끗해도 학창 시절 개구쟁이 모습과 표정은 아직도 그대로였다.

아내들이 더 신났다. 파티가 무르익을수록 남자들은 추억 속으로 가라앉는데 여자들은 뭐가 그리 재미있는지 수다를 그칠 줄 모른다. 아마 시골 촌놈인 남편을 흉보며 스트레스를 푸는 모양이다. 한 친구가 술잔을 권하며 내 자리로 왔다. 해마다 1월 1일이 없다면 얼마

나 무섭겠냐며 환갑상을 받으니 새로운 육십 년이 온 것 같아 기쁘단다. 지금까지는 무효고 새로 시작하는 인생 2막을 멋지게 열자고 한다. 버스킹 장비를 가져왔지만 아직은 초보라서 망설였던 나의 색소폰 연주를 더 이상 미룰 수 없었다.

아무리 흉허물 없는 친구들 앞이지만 초보인 내가 많은 사람들 앞에서 악기를 연주한다는 것은 떨리는 일이다. 더구나 서둘러 악기를 싣다 보니 알토색소폰 대신 새로 산 테너 색소폰을 가져오고 말았다. 테너는 알토보다 커서 무겁고 소리 내는 것도 편치 않은 놈이다. 그렇다고 포기할 수는 없는 노릇이다. 와인까지 서너 잔 마셨으니 반주기 화면에 뜨는 악보는 춤을 추듯 울렁거리고, 연주할 곳을 가리키는 커서는 혼자서 저만치 앞서간다.

그러거나 말거나 나는 진땀을 흘리며 마치 아무 일 없다는 듯 열심히 색소폰을 불었다. 다행히 반주기에서 나오는 음악에 감춰진 내 연주가 엉망이라는 걸 눈치챈 친구는 없다. 하지만 나 자신은 속일 수는 없다. 내가 들어봐도 색소폰 소리는 엉망진창 막무가내다.

술은 핑계였고 친구들은 이미 인생의 추억에 흠뻑 취해 있다. 장난기 가득한 불알친구들의 표정이 용기를 북돋았다. 두어 곡을 연주한 후에 마이크에 대고 신청곡을 받는다고 했다. 내가 어디서 그런 배짱이 나왔는지 모르겠다. 역시 공연은 관객이 주인공이다. 연주를 잘하고 못하고는 아무 문제가 되지 않았다. 환호성을 지르며 무대 쪽으로 몰려나온 친구들은 이미 제정신이 아니다. 어디서 그렇게 악쓰는 목소리가 나오는지 색소폰 소리는 아예 들리지도 않는다. 그렇게 두어 시간 놀다 보니 술이 확 깼다. 쉬지 않고 색소폰을 불어 입술이 얼얼하고 이미 내 와이셔츠는 온통 땀으로 축축했다.

무대는 끝났다. 처음 들어왔을 때 정찬이 잘 차려진 테이블은 완전 난장판이다. 수저와 포크는 누구 것인지도 모르게 뒤엎어져 있고 접시며 술잔은 시체처럼 뻗어있다. 주고받은 꽃다발도 이미 사방에 널브러져 있다. 자기 꽃이라고 챙겨갈 사람도 없다. 참 잘 놀았나.

마지막 앙코르곡은 어니언스가 불렀던 '편지'다. 이제 우리 식대로 추억의 편지라도 쓰자면서 떼창을 했다. 뒷정리하다 보니 가사가 나오던 모니터가 깨져있다. 언제 그랬는지도 모른다. 색소폰 연주가 시원찮아 모니터가 대신 사과라도 했는가 보다. 그래 화면이 깨질 정도로 잘 놀았으니 더 이상 바랄 게 없다.

돌아오는 길에 친구들한테 마음속으로 편지를 썼다. 오늘 서툰 연주를 들어줘서 고맙고 소리 지르느라 애썼다. 우리 칠순 때 하나도 빠짐없이 다시 만나자.

머위 선물

　부모님 살아생전 고향 집터에 새집을 지어드렸다. 여생을 잠시라도 편히 살기를 바라는 마음과 퇴직 후 혹시 내가 돌아갈지도 모른다는 생각이 있었다.

　부모님이 돌아가시자마자 장남이 그곳을 지키며 노후를 보내겠단다. 이 일을 두고 둘째인 내가 싸울 수 없는 일 아닌가. 그리하자고는 했어도 마당 가에 내가 직접 심은 향나무가 눈에 밟힌다. 형제자매 수만큼 심은 일곱 그루 향나무는 이미 다 커서 한참을 올려 보아야 한다. 그렇다고 저리 큰 나무를 파 옮길 수도 없는 노릇이다. 헛헛한 마음으로 마당을 둘러보니 향나무 아래에서 머윗잎이 두 손을 벌리고 바람에 흔들거리고 있다.

　머위는 이른 봄부터 한여름이 지날 때까지도 고향 집 언덕을 뒤덮다시피 자랐다. 반듯한 줄기와 손바닥 같은 잎을 펴 보이면서 나를 포근하게 감싸준다. 쌉싸름한 머윗잎 무침과 쌈은 바로 고향의 맛이요 언제 찾아가도 환하게 웃으며 맞아주던 부모님을 떠올리게 한다. 고향 집 머윗잎이 새로 마련한 텃밭 정원에 자라난다면 더 이상 낯설지도 않을 터. 다시 만날 수 없는 그리운 부모님을 보는 것 같아

마음이 포근해질 듯싶다.

이런 생각이 쌓이는 사이 계절이 바뀌고 어느새 기온이 칼날같이 뚝 떨어졌다. 여지없이 겨울이 다가서는 것이다. 더는 미룰 수 없다고 생각한 김에 저녁 무렵 고향집을 찾았다. 형님이 살고 있으니 선뜻 문 안으로 들어가는 것이 어색하다. 불편한 내 마음을 아는지 시골집 안팎에서는 아무 기척도 없다. 미리 연락하지 않았어도 머위 몇 뿌리 캐가는 것은 어떠랴 싶다. 향나무 아래를 파보니 머위 뿌리가 통통하게 살이 오른 채 겨울 채비를 하고 있다. 그래서 결국 집 대신 향나무로, 향나무 대신 머위를 캐 왔다. 제2의 고향 땅에 내가 새로 장만한 집터 텃밭으로 맨 처음 이사 온 것이 바로 머위다.

사실 이듬해 봄에 초록 잎이 인사하는 텃밭 위 산 밑은 아예 머위밭이었다. 괜스레 도둑처럼 숨죽이며 고향 집에서 머위를 캐다 심었나 살짝 후회도 들었다. 하지만 고향에서 이사 온 머위가 모진 겨울을 나고 싹을 틔울 때의 마음은 더없이 뿌듯했다. 몇 년이 지난 지금은 한겨울이 지나고 봄볕이 쏟아지기 시작하면 텃밭 사방 천지에서 머위잎이 고개를 내민다. 머위가 소담스럽게 올라오는 것을 보고 이웃 농막 주인이 머위 몇 뿌리를 얻어 가도 되냐고 묻는다. 아낌없이 나눠주어도 금새 돋아나는 것이 머위이니 마다할 것이 없다. 머위잎도 좋지만 머위꽃 튀김도 입맛을 살리는 데 더없이 좋단다. 머위를 꽃까지 먹는다는 말은 처음 들었다. 머위를 선물로 주고 나니 농촌살이의 새로운 메뉴를 얻었다.

금년에도 이른 봄부터 늦은 여름까지 우리집 텃밭 정원에 오는 손님에게 머위잎 쌈과 머위꽃 튀김은 물론 머윗대 무침까지 아낌없이 선물하리라. 얼마 전에도 글을 쓰는 문인들이 우리집 텃밭을 방문하였다. 머윗대를 삶아 텃밭에서 키운 들깨를 넣고 볶아 내었더니 세상천지에 이렇게 맛있는 나물이 어디 또 있겠냐며 호들갑이다. 그럴 때마다 내가 혼자 웃으면서 하는 말이 있다.

"이 머위가 바로 내 어머니의 체취요 선물이니 마음껏 드시고 또 오시기 바랍니다."

나의 죽음 앞에서

내가 처음 죽음을 처음 목격한 것은 초등학교 시절 어릴 때였다. 무섭기도 하고 슬프기도 했다.

호랑이 같던 증조할머니께서 돌아가셨다. 함께 숨 쉴 때는 몰랐는데 삼베 수의로 꽁꽁 싸맨 채 안방 윗목에 모셔둔 시신은 두려움 자체였다. 당시 장례식은 며칠에 걸쳐 시골집에서 치러졌다. 차일을 친 마당 한쪽에서는 밤새도록 통나무들이 탁, 탁 소리를 내면서 타고 있었다. 나는 그 모습을 보면서 사람이 죽으면 불꽃이 되어 하늘로 올라가는 거라고 믿었다. 깜깜한 밤하늘에는 강물처럼 은하수가 펼쳐 있었다. 그리고 수많은 별빛 사이로 우리 집 마당에서 피어오르는 불꽃들이 밤새도록 은하수 저편으로 빨려 올라갔다.

그동안 살아오면서 상가에 수없이 가보았고 많은 사람이 세상을 떠나는 것도 보았다. 유명한 사람도 있었고 평범한 사람도 있었다. 나이가 많은 사람도 있었지만 그렇지 않은 경우도 많았다. 나보다 어린 동생도 둘이나 먼저 세상을 떠났다. 하지만 아버지 어머니가 돌아가시기 전까지만 해도 죽음은 나와 아무 상관이 없는 일이었다.

부모님이 다 돌아가시고 나니 이제 내 차례라는 생각이 퍼뜩 든다. 내가 죽는다고 생각하니 무섭기도 하고 남은 가족들이 어떨지 걱정도 된다. 혹시 내가 치매라도 걸리거나 몹쓸 병에 걸려 고생하거나 추한 모습으로 죽을까 두렵다. 더구나 아무 준비도 못 했는데 나한테 덜컥 죽음이 찾아온다면 어떻게 해야 할지 걱정이다.

세상에 태어나던 때를 기억하는 사람은 없을 것이다. 그러나 죽을 때는 다르다. 어떤 모습으로 죽음을 맞이할지 선택하고 준비할 수 있다. 이것이야말로 인간으로서 일생을 살아온 혜택이요 축복이다. 죽음이 무엇인지 또 죽음 이후의 세상이 어떨지 나는 모른다. 그것은 신의 영역일 것이다. 하지만 죽기 전까지는 온전히 내 몫이다.

죽음에 임박해서 아무런 준비 없이 세상을 떠나는 것은 무책임한 일이고 남은 사람한테도 가장 슬픈 일일 것이다. 만년晩年에 교통사고를 당하여 투병 생활을 하다 돌아가신 아버지도 그랬다. 아버지는 치매로 가족조차 알아보지 못하다 전염성 바이러스에 감염되어 결국에는 격리 병실에서 쓸쓸히 임종하셨다. 보고 싶은 사람도 있었을 테고, 하고 싶은 말도 많으셨을 텐데 마지막 서너 달 동안 아무런 말도 못 하고 떠나셨다. 그냥 서늘한 눈빛만 남기고 가신 것이다. 어머니도 마찬가지다. 아무런 준비도 없이 그렇게 빨리 훌쩍 떠나실 줄은 몰랐다.

나의 죽음이 얼마나 가까이 다가왔는지는 아직 모른다. 하지만 아주 멀지는 않을 것이다. 사람이 예를 들어 수백 년 죽지 않고 산다면 그게 과연 축복인지 재앙인지는 다시 생각해 볼 일이다. 어떤 시인은 살아생전을 소풍 온 것이라 하였다. 소풍을 왔으니 돌아갈 곳이 있는 것이다. 이렇게 생각하면 죽음은 두려움이나 저주가 아니라 축복이요 선물인 셈이다.

하루를 살아도 백 년처럼 사는 사람이 있고 백 년을 살아도 하루치밖에 못 사는 사람이 있다. 얼마를 더 사는가는 중요하지 않다. 더구나 새로운 세상으로 여행을 간다는 데 억지로 막을 필요도 없고 막아서도 안 된다. 이것이 내가 의미 없는 연명치료를 거부하는 이유다.

폐암으로 고통받던 64세 남자가 조력사 직전에 유언처럼 했다는 말이 떠오른다.

"두렵지는 않은데 어릴 때 달리기 출발선에 섰을 때처럼, 아니면 대중 앞에서 연설하기 전처럼 가슴이 두근거리네요. 어떤 면에서는 설레기도 하고요. 오늘 밤엔 잠들지 않으려고 해요. 생의 마지막 밤을 잠으로 보내고 싶진 않으니까요. 모든 순간을 깨어서 지켜보고 느껴보려고 해요. 지상의 모든 순간, 모든 마지막을..."

스위스 바젤에서 안락사로 평화롭게 생을 마감한 그는 여기서 가까운 공주의 한 수목원에 영원히 잠들어 있다.

이 세상에 오기 전에 어디서 왔는지 알았어야 했는가. 아니다. 그저 온 것이다. 이 세상 떠날 때 어디로 가는지를 알아야 하는가, 그

것도 아닐 것이다. 그저 가면 된다. 애초에 시작도 모르니 끝을 몰라도 된다. 죽음 앞에서 두려울 것도 궁금해할 것도 없다. 다만 나의 죽음이 사랑하는 사람에게 지나친 짐이 되지 않기를 바란다. 또 하나 바란다면 너무 고통스럽지 않기를 바랄 뿐이다.

죽음을 연구한 여러 학자의 말에 따르면 죽음에 임박하여 많은 사람이 임사체험을 한다고 한다. 환하고 밝은 빛줄기를 따라 새로운 세상으로 간다는 것이다. 그것이 사실인지 아닌지는 중요하지 않다. 다만 나도 유체 이탈을 경험하며 허공에 떠서 죽은 나를 보기도 하고 나의 죽음 앞에서 다른 사람들이 무슨 소리를 하는지 들어보는 멋진 경험을 하고 싶다. 그런 다음 어린 시절 호랑이 할머니 장례식 날 깜깜한 밤하늘에 타오르던 불꽃처럼 내가 왔을 법한 은하수 저편으로 마음껏 여행을 떠나고 싶다.

나의 죽음 앞에서 새로운 여행을 떠난다고 생각하니 겁나지만 설렌다. 내 장례식장은 울음바다가 아니라 웃음바다가 됐으면 좋겠다.

제5부

자식 농사
열 이야기

자식 농사 열 이야기다.
자식 이야기에 열 손가락이 모자란다지만
저자는 열 개의 짧은 글에 평생의 자식 농사 이야기를
함축해 놓고 있다. '아이보다 아내를 사랑하라'는 이야기며
'꽃을 피우는 때는 모두 다르다'는 이야기는 짧지만
오래도록 기억에 남아 깊은 울림을 준다.

하나, 아이의 지능은 누가 물려줄까?

찰스 다윈은 19세기 후반에 성 선택이 동물의 지적 능력을 진화시켰다는 가설을 제기했다. 최근 사랑앵무를 통해 이 가설을 입증한 연구 결과가 사이언스지에 발표된 바 있다. 요지는 암컷이 더 똑똑한 수컷을 선택하고 그런 수컷이 더 많은 자손을 낳아 번성한다는 가설이 맞는다는 것이다.

지능에 대한 논의는 유전적 요인이 더 결정적이냐 아니면 환경적 요인이 더 중요한가에 대해서도 견해가 분분하다. 또 다른 쟁점은 자녀의 지능이 아빠 또는 엄마 중에서 누구한데서 물려받는 것이냐는 문제다. 어떤 논문에서는 엄마 쪽 유전자가 더 영향을 미친다고 하고 어떤 자료에서는 아들은 그렇지만 딸은 반반씩이라고도 한다. 나의 경우를 보면 엄마 쪽(mother side)이 더 영향이 큰 것 같다.

인간의 지능이 뭐냐는 논의도 매우 복잡하다. 최근에는 IQ나 EQ보다 하버드대학의 가드너 교수가 제안한 다중 지능이 더 각광을 받기도 한다. 아직까지 지능에 대한 여러 가지 논의에 대해 확실한 답은 없지만 분명한 것은 누구나 자기 자녀의 지능만큼은 남들보다 뛰어나기를 바란다는 점이다.

　자녀가 뛰어난 지능을 갖기를 원하면서 요행이나 우연에 의존해서는 안 된다. 우선은 스스로가 노력해야 한다. 배우자 선택에서도 외모나 그 밖의 조건보다 지능을 맨 앞에 두는 것이 필요하다. 이런 이후에 바람직한 환경을 만들어 주는 것이 필요하다. 자녀와 함께 놀고 학습하는 모든 과정에서 지능이 형성되고 계발된다. 자신은 아무것도 안 하면서 자식한테 요행만 바라면 그야말로 탱자나무에서 능금이 열리기를 바라는 것과 같다.

둘. 아이는 스펀지다

아이들이 쑥쑥 커가는 모습을 보면 참으로 대견하다. 그런데 가만히 들여다보면 아이들이야말로 뭐든지 있는 그대로 빨아들이는 스펀지라는 생각이 저절로 든다. 스펀지는 노랑 물감이든 초록 물감이든 있는 그대로 흡수하고 만다. 그래서 스펀지 같은 아이들 앞에서 물 한 모금 마시는 것도 조심하라는 말이 있다.

자녀가 바른 심성을 갖고 총명하게 자라기를 바란다면 부모가 먼저 바르게 모범을 보여야 한다. 부모야말로 가장 가까이에서 가장 많은 시간 동안 아이에게 영향을 미치는 존재이기 때문이다. 자신은 검정 물감으로 온통 범벅이 되어 있으면서 아이한테 왜 검은색 천지냐고 야단치는 것은 앞뒤가 맞지 않는 일이다. 콩 심은 데 콩 난다는 말이 거저 있는 것이 아니다.

활짝 웃는 아이 얼굴을 보고 싶다면 자신이 먼저 활짝 웃는 얼굴을 보여주어야 한다. 향기로운 말도 저절로 나오는 게 아니다. 부모가 먼저 부드럽고 바른말을 써야 아이도 그대로 따라 한다. 책을 좋아하는 아이를 원하면서 정작 부모가 돼서 책 한 권 읽는 것을 주저한다면 말이 되겠는가. 아이가 또래들과 사이좋게 지내기를 바란다면 부모의 친구들을 보여주면 될 것이다. TV나 게임에 빠졌다고 속상해할 필요가 없다. 그런 것보다 더 즐거운 세상이 있다는 것을 보여주면 된다.

스펀지 같은 자녀를 위해 부모가 할 일은 여기까지가 아니다. 여기까지는 어떤 부모든지 다 하는 일이다. 한 걸음 더 나가기 위해 스스로 질문해 볼 일이다. '나는 아이에게 차가운 돌덩이인가 아니면 스펀지인가'

셋. 아이에게 줄 가장 좋은 선물은 무엇일까?

 사랑하는 자녀에게 뭔가 선물을 한다고 생각만 해도 기분이 좋은 일이다. 어떤 사람은 시간을 선물하는 것이 가장 좋은 선물이라고 한다. 아이가 부모의 손길이 필요할 때 그 곁을 지켜주는 것이 최고의 선물이라는 것이다. 그래서 아예 육아 휴직을 최고의 선물로 선택하기도 한다. 부모 스스로 행복해지는 것이야말로 가장 좋은 선물이라고 생각하는 사람도 있고 아이의 동생을 만들어 주는 것이 최고라고 하는 이도 있다.

 어떤 글을 보면 영원한 생명과 구원을 위해 아이한테 세례의 기회를 주는 것이 가장 좋은 선물이 될 것이라고 한다. 또 어떤 사람은 어린이 보험이나 장기투자 상품 같은 구체적인 선물을 추천하기도 하고 아이와 함께 여행을 떠나거나 인생의 나침반이 될 만한 책을 사주는 것이 좋다고도 한다. 또 다른 사람은 작은 습관이 모여 일생을 좌우하니 좋은 습관을 선물로 주어야 한다고 한다. 또는 재능을 펼칠 수 있도록 해주거나 꿈과 희망을 주는 것이야말로 가장 좋은 선물이라고도 한다.

 다 맞는 말이다, 무엇 하나 버릴 것 없이 좋은 선물이다. 나한테

선물을 하나 고르라면 어떨지 생각하다 뜬금없이 먹는 것 생각이
났다. 어릴 때의 입맛이 평생을 좌우하니 자녀에게 줄 가장 좋은 선
물로 가리지 않는 식습관과 품격 있는 미각도 좋겠다는 생각이 들
었다. 음식을 가리지 않고 뭐든지 잘 먹는 사람이 세상살이에서도
성공한다. 거기에 더해 품격 있는 미각을 갖도록 해준다면 누구도
줄 수 없는 평생의 선물이 아닐까 한다. 무엇을 먹는가를 보면 그 사
람이 누군가를 알 수 있다.

넷. 아이보다 아내를 사랑하라

띠동갑인 동생이 찾아왔다. 대판으로 부부 싸움을 했다는 데 나한테 편을 들어 달라는 눈치가 역력하다. 왜 싸웠냐 했더니 결국 자녀 교육 문제다. 내 대답은 단순하다. '자식 농사 잘 짓는 비결은 아이를 직접 예뻐할 게 아니라 아이 엄마를 존중하고 사랑하면 된다.'

그렇다. 자식을 직접 끼고돌면 버릇만 나빠진다. 자식을 예뻐할 게 아니라 그럴 시간이 있으면 아내를 한 번 더 사랑하고 칭찬하는 것이 훨씬 효과적이다. 사랑을 받은 아내는 자신의 아이를 얼마나 사랑스러운 눈빛으로 바라보겠는가. 사랑을 받고 자란 아이는 세상을 향해 춤을 춘다. 자기 자식이 사랑스럽다면 아이보다 아내를 먼저 사랑하라.

다섯. 아이가 읽는 책을 보면 알 수 있다

아이의 미래는 어떻게 알 수 있을까. 한 사람의 인생을 바꿀 수 있는 것 중 하나가 책이다. 한 권의 책, 단 한 줄의 문장이 인생을 바꿀 수도 있다. 디지털 시대에 종이책을 읽는 일이 다소 낯설지만 여전히 책을 읽는 일은 가치 있는 일이다. 오랜 인류 문명과 더불어 책이야말로 가장 소중한 지식의 보고요, 무한한 창의성의 원천이며, 미래를 활짝 여는 열쇠이기 때문이다.

독서는 기가지본(起家之本)이라고 하였다. 가난한 자는 독서를 통해 부유해지고 부유한 자는 독서를 통해 고결해지며 미련한 자는 독서를 통해 현명해지고 현명한 자는 독서를 통해 더 이롭게 된다.

자녀가 성장하면서 어떤 책을 읽는가를 보면 그 자녀의 미래를 엿볼 수 있다. 자녀의 미래가 궁금하다면 책가방에 어떤 책이 있는지, 자녀의 방에 어떤 책이 놓여있는지 살펴보면 된다. 아이는 지금 자신의 미래를 온몸으로 읽고 있다.

여섯. 꽃을 피우는 때는 모두 다르다

봄이 익어가니 텃밭 마당 가에 꽃들이 앞을 다투어 피어난다. 민들레는 물론이고 방가지똥이나 씀바귀마저 꽃대를 우뚝 세우고 키를 자랑한다. 가만히 들여다보면 이름도 알 수 없는 잡초까지도 제각기 꽃을 피워 올리느라 분주하다.

하지만 한날 한시에 모든 꽃이 일제히 꽃을 피우는 것은 아니었다. 아침에 꽃망울을 터뜨리는 녀석도 있고 해질 무렵에 슬며시 미소를 짓는 녀석도 있다. 사람도 마찬가지다. 자녀가 대학입시에서 활짝 꽃을 피우는 것이 우리나라 부모들의 모든 소원일 것이다. 하지만 세상의 이름 없는 풀과 나무조차 제각기 꽃을 피우고 열매 맺는 시기가 다른 데 모든 아이가 한꺼번에 다 같이 꽃을 활짝 피우는 것은 어렵다.

어떤 아이는 취학하기도 전에 재능을 발휘하기도 하고, 초등학교나 중학교에서 빛을 발하는 아이도 있다. 부모야 고등학교 때 활짝 꽃을 피워 좋은 대학에 가길 바라지만 그렇지 못한 경우도 많다. 오히려 바라는 대학에 가지는 못했지만 나중에 꽃을 활짝 피워 인생 역전하는 경우도 많다. 대학을 가지 않거나 대학을 다니다 중도에

뛰쳐나와 인생의 꽃을 피운 이도 많다. 때로는 아예 살아생전에 빛을 못 보던 이가 죽고 나서야 활짝 꽃으로 피어나기도 한다.

자녀가 또래보다 빨리 꽃을 피운다고 너무 좋아할 일도 아니고 꽃 피울 꿈조차 꾸지 않는다고 나무랄 필요도 없다. 부모가 할 일은 묵묵히 믿고 기다리면 된다. 때가 되면 이름 없는 들풀도 마땅히 황홀한 꽃을 피워 올리는 법이다. 꽃도 사람도 꽃을 피우는 때는 모두 다르다.

네가 많이 그리울 거야

일곱, 고집 센 아이를 미워하지 마라

고집 센 아이를 어떻게 할까. 순종하는 아이는 당장에는 사랑스럽지만 어쩌면 정해진 틀 속에 갇혀 세상을 살아갈 가능성이 높다. 오히려 고집이 센 아이를 둔 부모는 축복받은 것이다.

고집이 센 아이가 커서 부모를 지키고 세상을 바꾸는 경우가 너무도 많다. 고집이 세다는 이유로 아이를 체벌하지 말아야 한다. 아예 겁쟁이로 만들거나 고집불통으로 만들 것이다. 고집이 세다는 것은 그만큼의 이유가 있다. 고집이 센 것은 억지를 부리는 것과는 다르다. 고집이 센 아이는 자존감과 사부심이 강하고 자기 주도형으로 세상을 이끌어 간다.

독일 대학의 연구에서도 고집이 센 아이는 경쟁의식이 강하기 때문에 학업 등에서 더 뛰어난 성과를 보인다고 했다. 고집이 센 아이는 역사를 바꿀 가능성이 크다. 고집 센 아이를 결코 미워하지 마라.

여덟, 칭찬하되 비교하지 마세요

칭찬 한마디가 자녀의 인생을 바꿀 수 있다. 나도 학창 시절 미술 선생님이 지나가는 말로 했을 법한 칭찬 한마디가 평생 남아 노년에 그림을 그리는 힘이 되었다. 사실이든 아니든 칭찬은 마법과 같은 힘을 발휘하는 것이다.

기왕에 칭찬을 하려거든 막연한 칭찬보다는 구체적으로 무엇을 잘했는지 콕 집어서 하는 것이 효과적이다. 잘생겼다고 하는 것보다 얼굴이 잘생겼다고 하는 것이 낫고, 얼굴이 잘생겼다는 것보다는 귀가 크고 잘생겼다고 하는 것이 훨씬 더 효과적이다.

내 주변을 둘러보면 대부분은 자식들을 아주 훌륭하게 잘 키웠지만 그렇지 못한 예도 있다. 살펴보면 부모가 칭찬에는 인색하고 비교라는 함정에 빠져있는 것을 발견할 수 있다. 사회적으로나 경제적으로도 아주 성공한 사람일수록 자신의 기준에 맞춰 자녀를 다른 아이와 비교하게 된다. 더구나 과정은 보지 않고 결과로 자녀를 비교하고 비난하는 것은 돌이킬 수 없는 상처만 주기 십상이다.

칭찬은 대부분 언어를 통하여 전달할 수 있지만 때로는 표정이나 몸짓이 더 나을 수도 있다. 길가의 볼품없는 들꽃도 찬찬히 오래 들여다보면 숨 막히도록 아름답기 마련이다. 멀리 보아야 예쁜 꽃도 있고 가까이 보아야 예쁜 꽃도 있다. 부모가 보기에 아무리 시원찮아 보이는 아이도 자세히 보면 칭찬할 거리는 차고도 넘친다.

아홉, 나는 어떤 타입의 부모인가?

이 세상 부모가 자녀를 대하는 태도는 네 가지가 있다고 한다. 독재형은 자녀의 의견보다는 부모의 결정을 따르도록 자녀를 이끄는 타입이다. 민주형은 자녀의 의견을 존중하고, 방임형은 자녀의 일에 거의 간섭하지 않으며, 기분형은 부모의 기분에 따라 자녀를 대하는 방식이 달라지는 타입이라고 한다.

물론 어느 타입이 정답이라고 할 수는 없다. 독재형 부모의 태도가 자녀를 가장 효과적으로 이끌 수도 있고 방임형 부모가 자녀의 독립심이나 경쟁력을 더 키워줄 수도 있다. 자녀의 성향이나 발달 정도 그리고 당면한 상황에 따라서 효과적인 부모의 태도는 달라질 수밖에 없기 때문이다.

이제 다 성장한 자녀들한테 내가 어릴 때부터 아주 독재자였다는 이야기를 듣고 충격을 받은 적이 있다. 나는 나름대로 민주형 부모로 참 잘했다고 생각했는데 자녀가 경험한 것은 지독한 독재자 아비였나 보다.

어느 한 가지 타입으로만 자녀를 대하는 것도 위험한 노릇이다.

눈높이를 바꾸어 자녀의 입장에서 생각해 보아야 한다. 내가 어떤 타입의 부모가 될지를 혼자서 결정하는 것 자체부터 잘못된 일이다.

열, 희망은 미래를 창조하는 씨앗이다

어린 자녀가 아무 희망을 갖고 있지 않다고 절망할 필요는 없다. 요즘에 대학 강의실에서조차 앞으로 희망이 뭐냐고 물어보면 다 묵묵부답이다. 택시를 타고 그냥 만 원어치만 가 달라고 하는 사람은 없을 것이다. 희망이 없는 사람은 목적지 없이 택시를 탄 사람과 같다. 희망은 자신이 가고 싶은 목적지며 미래를 창조하는 씨앗이다.

아직 자녀가 가슴을 뛰게 만드는 희망을 만나지 못했다고 크게 걱정할 일은 아니다. 희망은 자신도 모르는 사이 꿈결처럼 다가올 수도 있고 어느 순간에 도둑처럼 살그머니 숨어 들어올 수도 있다. 그러니 눈을 부릅뜨고 언제 오는지 잘 지켜보도록 알려주면 될 것이다.

수 없는 별처럼 이 세상에 너를 위한 희망의 씨앗도 헤아릴 수 없이 많단다. 너한테 반드시 미래를 창조하는 씨앗이 찾아올 거야. 아무 걱정 하지 말고 싹을 틔울 준비나 잘하렴.

네가 많이 그리울 거야

《당진 문학 10주년 리미티드 에디션》은 지역 문학의 기록과 작가들의 목소리를 담기 위해 기획된 한정판 시리즈입니다. 문학의 본질에 집중하고자 절제된 디자인 과 단순한 구조를 선택했으며, 작품의 여운과 언어의 깊이를 오롯이 전달하고자 하는 의도로 제작되었습니다.

네가 많이 그리울 거야

초판 1쇄 2025년 10월 10일 초판 1쇄 발행 2025년 11월 01일

지은이 정회인
발행처 재단법인 당진문화재단
주소 충남 당진시 무수동 2길 25-21 전화 041)350-2932 팩스 041)354-6605
홈페이지 www.danginart.kr

크리에이티브 디렉터 북베어 경영지원 한정희 책임편집 최은주 교정교열 김지윤
디자인 김지은 · 유승연 멀티미디어 이예린 마케팅 김도윤

펴낸곳 자유의 길 등록번호 제2017-000167호
홈페이지 https://www.bookbear.co.kr 이메일 bookbear1@naver.com

ISBN 979-11-90529-42-6 (03800)